大家學標準日本語

行動學習新版

初級本

奠定日語基礎必學的基本課程

出口仁——著

檸檬樹

出版前言

【大家學標準日本語：初/中/高級本】行動學習新版，
完美整合「書籍內容、音檔、影片」為「可隨身讀、聽、看」的跨媒介學習 APP；

- 紙本書 —— 可做全版面綜觀全覽
- APP ——— 可靈活隨選「課本、文法解說、練習題本、MP3 音檔、出口仁老師親授教學影片」等學習內容

本系列自 2012 年出版至今，榮幸獲得無數讀者好評肯定；
經得起時代考驗的 —— 學日語必備、初/中/高三冊「127 個具體學習目標」
跟隨時代腳步更新學習工具 ——「去光碟片、學習內容隨選即用、看影片學習更專注深刻」。暢銷數十萬冊的優質內容，結合科技工具，絕對好上加好！

由具有「外國語教育教師證照」的出口仁老師，
根據生活、工作、檢定等目的，為各程度量身打造專業課程；

【初級本】：奠定日語基礎的〔基本課程〕（42 個「具體學習目標」）
【中級本】：發展日語能力的〔進階課程〕（44 個「具體學習目標」）
【高級本】：活化日語實力的〔應用課程〕（41 個「具體學習目標」）

所有的日語變化，都源自於這「127 個學習目標」，
常見的日語問題，都能查詢這「127 個學習目標」獲得解答！

※本系列同步發行【初/中/高級本】單書、套書、教學影片套組
讀者可根據個人的需求與喜好，挑選適合的教材。

【大家學標準日本語：行動學習新版】歷經許久的籌備，終於能夠呈現在讀者眼前。在這期間，作者、出版社以及應用程式開發商，均投入了莫大的心力。本系列若能對於任何一位讀者在日語學習上有所助益，將是我們最大的期盼！

檸檬樹出版社 編輯部

作者序

《大家學標準日本語：初/中/高級本》是專門替想要自學日語的學習者量身打造，以容易理解的方式去解說學習者會遇到的文法問題，希望讓學習者能清楚理解每一階段所學的日語。對於自學時可能會產生疑慮的地方，我盡量以簡單的說明、容易理解的解說，讓學習者了解。我認為，透過本系列三本書，學習者在學習日語時，一定能夠理解日語的基本架構，並培養自主學習的能力。

《初級本》是以日語的名詞、動詞、形容詞所構成的肯定句、否定句、疑問句、現在形、過去形為中心。我是以讓學習者可以自己組合單字、寫出句子這樣的立場，來進行解說。此外，我還會介紹一些具體的例文和會話，並說明到底在哪些場合可以使用。所以，也可以藉此培養日語的表達能力。

《中級本》是以日語文法中最重要的動詞變化為主，介紹、解說各種相關用法。我是以讓學習者可以透過動詞變化學習更多元的日語表達，並能在生活中活用，這樣的目標來設計內容的。

《高級本》是以《初級本、中級本》教過的文法為基礎，介紹更多實用表達。不論是哪一種表達，都是日本人經常於日常生活中使用的，所以當有需要與日本人溝通時，一定會有很大的幫助。

我希望透過這三本書，可以讓大家理解日語的基本架構、培養自學日語的能力。如果透過日語學習，可以讓大家對於日本有更深刻的理解，我會覺得非常榮幸。

《大家學標準日本語：初/中/高級本》出版至今，已經經過了 10 年。在這期間，得知許多人使用這三本書學習日語，並獲得很大的幫助，我感到非常高興。為了繼續成為大家在日語學習上的好幫手，我打算在日語教育上，持續盡心盡力下去。這次的【行動學習新版】，每一本書都有 APP 安裝序號，大家可以使用 APP 閱讀書籍內容、聽 MP3 音檔，還可以看我親自講解的文法教學影片。可以更方便地，在喜歡的時間、喜歡的地方，自由學習日語。

作者　出口仁　敬上

出口仁 でぐち まさし

本書特色 1 —— 單字・招呼語・表現文型 彙整

安排吻合「初級日語程度」的單字，單字內容並符合各課的實用功能。

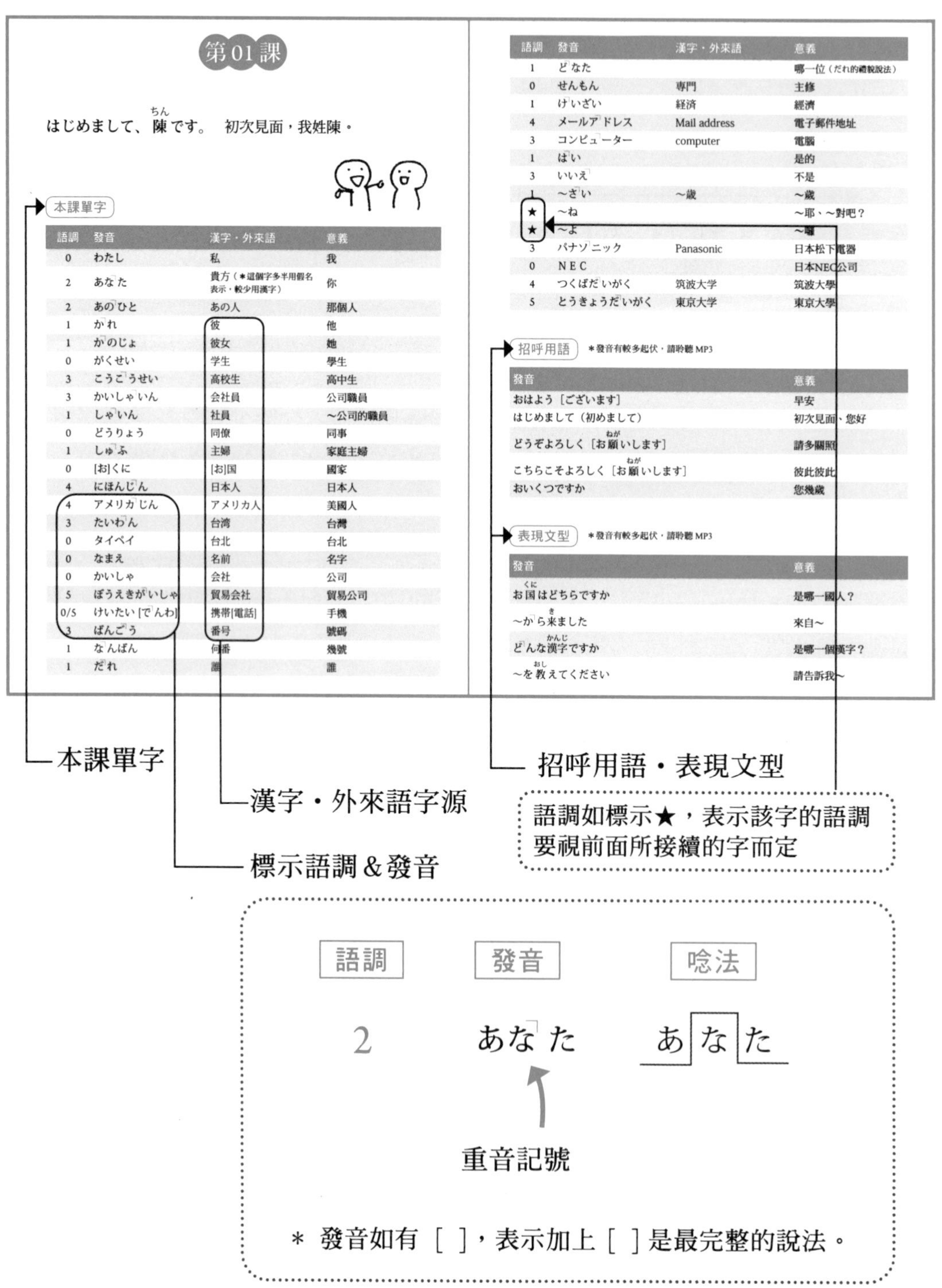

第01課

はじめまして、陳(ちん)です。　初次見面，我姓陳。

本課單字

語調	發音	漢字・外來語	意義
0	わたし	私	我
2	あなた	貴方（＊這個字多半用假名表示，較少用漢字）	你
2	あのひと	あの人	那個人
1	かれ	彼	他
1	かのじょ	彼女	她
0	がくせい	学生	學生
3	こうこうせい	高校生	高中生
3	かいしゃいん	会社員	公司職員
1	しゃいん	社員	～公司的職員
0	どうりょう	同僚	同事
1	しゅふ	主婦	家庭主婦
0	[お]くに	[お]国	國家
4	にほんじん	日本人	日本人
4	アメリカじん	アメリカ人	美國人
3	たいわん	台湾	台灣
0	タイペイ	台北	台北
0	なまえ	名前	名字
0	かいしゃ	会社	公司
5	ぼうえきがいしゃ	貿易会社	貿易公司
0/5	けいたい [でんわ]	携帯[電話]	手機
3	ばんごう	番号	號碼
1	なんばん	何番	幾號
1	だれ	誰	誰

語調	發音	漢字・外來語	意義
1	どなた		哪一位（だれ的禮貌說法）
0	せんもん	専門	主修
1	けいざい	経済	經濟
4	メールアドレス	Mail address	電子郵件地址
3	コンピューター	computer	電腦
1	はい		是的
3	いいえ		不是
1	～さい	～歳	～歲
★	～ね		～耶、～對吧？
★	～よ		～喔
3	パナソニック	Panasonic	日本松下電器
0	NEC		日本NEC公司
4	つくばだいがく	筑波大学	筑波大學
5	とうきょうだいがく	東京大学	東京大學

招呼用語　＊發音有較多起伏，請聆聽 MP3

發音	意義
おはよう［ございます］	早安
はじめまして（初めまして）	初次見面、您好
どうぞよろしく［お願(ねが)いします］	請多關照
こちらこそよろしく［お願(ねが)いします］	彼此彼此
おいくつですか	您幾歲

表現文型　＊發音有較多起伏，請聆聽 MP3

發音	意義
お国(くに)はどちらですか	是哪一國人？
～から来(き)ました	來自～
どんな漢字(かんじ)ですか	是哪一個漢字？
～を教(おし)えてください	請告訴我～

本書特色 2 —— 具體學習目標

每一課都具有實用功能，融入「42個具體學習目標」！

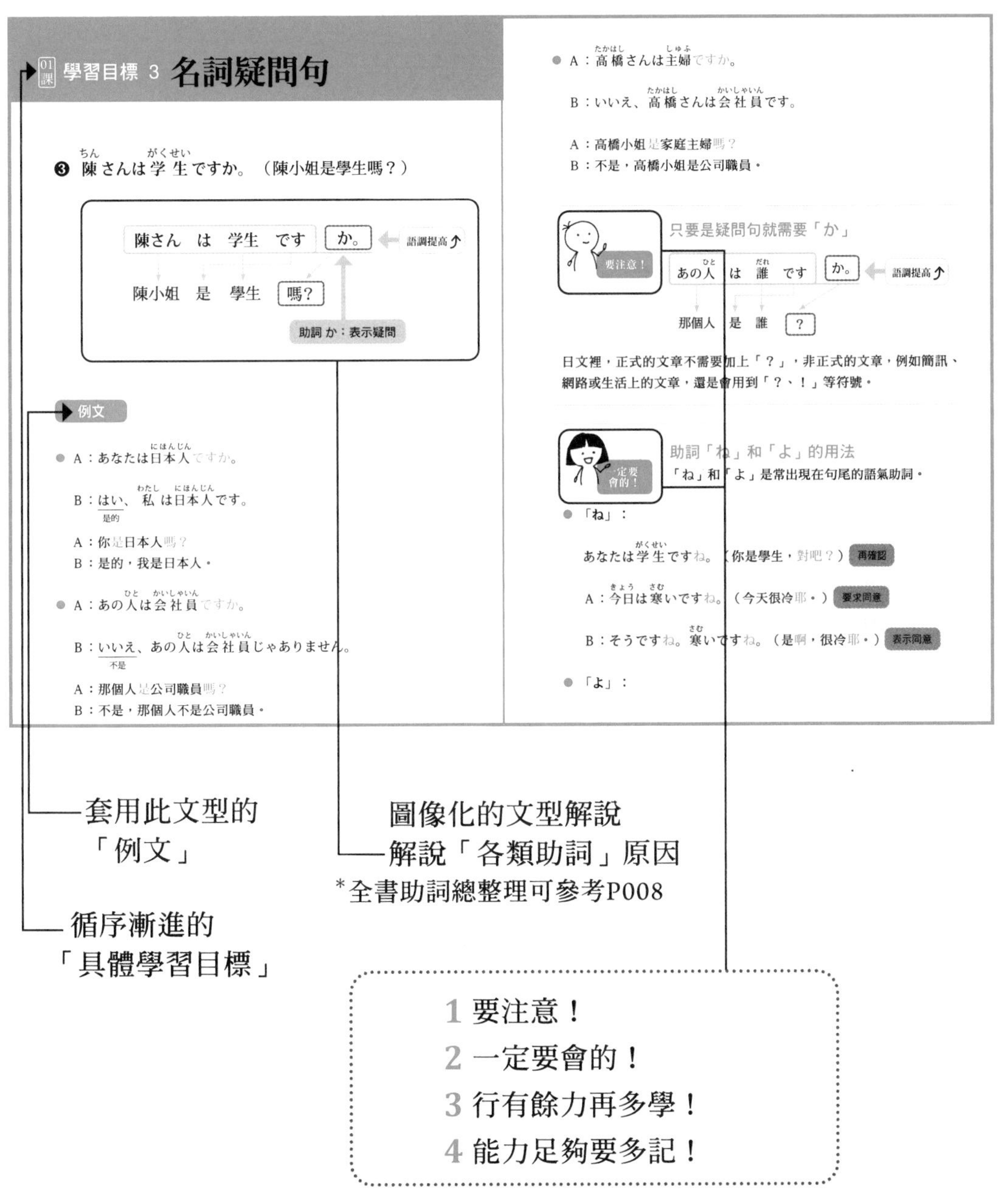

明確定義「學習內容」，清楚知道「自己的實力到哪裡」！

這是四種學習的層次，也是讓自己實力精進的明確方向。學習者可以清楚了解，在自己目前的實力階段，什麼是要注意的、什麼是一定要會的，學了這些，如果有餘裕，還要自我要求再多學什麼，才能更進一步提升實力。

本書特色 3 —— 應用會話

配合各課功能，融入各課文型，安排“長篇情境對話”。

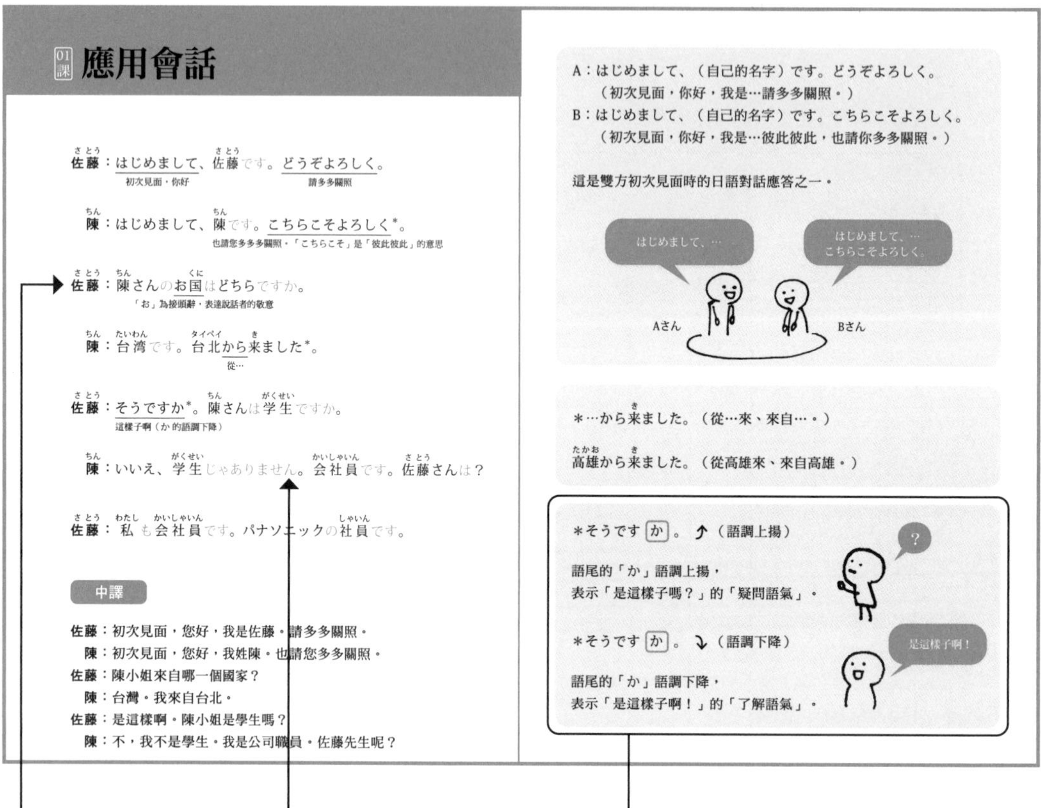

01課 應用會話

佐藤：はじめまして、佐藤です。どうぞよろしく。
初次見面，你好　請多多關照

陳：はじめまして、陳です。こちらこそよろしく*。
也請您多多多關照。「こちらこそ」是「彼此彼此」的意思

佐藤：陳さんのお国はどちらですか。
「お」為接頭辭，表達說話者的敬意

陳：台湾です。台北から来ました*。
從…

佐藤：そうですか*。陳さんは学生ですか。
這樣子啊（か的語調下降）

陳：いいえ、学生じゃありません。会社員です。佐藤さんは？

佐藤：私も会社員です。パナソニックの社員です。

中譯

佐藤：初次見面，您好，我是佐藤。請多多關照。
陳：初次見面，您好，我姓陳。也請您多多關照。
佐藤：陳小姐來自哪一個國家？
陳：台灣。我來自台北。
佐藤：是這樣啊。陳小姐是學生嗎？
陳：不，我不是學生。我是公司職員。佐藤先生呢？

A：はじめまして、（自己的名字）です。どうぞよろしく。
（初次見面，你好，我是…請多多關照。）
B：はじめまして、（自己的名字）です。こちらこそよろしく。
（初次見面，你好，我是…彼此彼此，也請你多多關照。）

這是雙方初次見面時的日語對話應答之一。

*…から来ました。（從…來、來自…。）

高雄から来ました。（從高雄來、來自高雄。）

*そうです か 。↑（語調上揚）

語尾的「か」語調上揚，
表示「是這樣子嗎？」的「疑問語氣」。

*そうです か 。↓（語調下降）

語尾的「か」語調下降，
表示「是這樣子啊！」的「了解語氣」。

運用本課文型的「應用會話」

本課的學習要點用顏色做出標示

圖像化、多樣化的延伸補充

- 應用會話登場人物介紹：

佐藤康博　（33歲）…パナソニックの社員
陳欣潔　（27歲）…扶桑貿易会社の社員
田中洋子　（24歲）…筑波大学の大学院生
高橋敦司　（28歲）…秋津証券の社員
王民權　（19歲）…東呉大学の学生
鈴木理恵　（20歲）…大和出版の社員

本書特色 4 —— 關連語句

配合各課功能，補充更多樣話題的“短篇互動對話”。

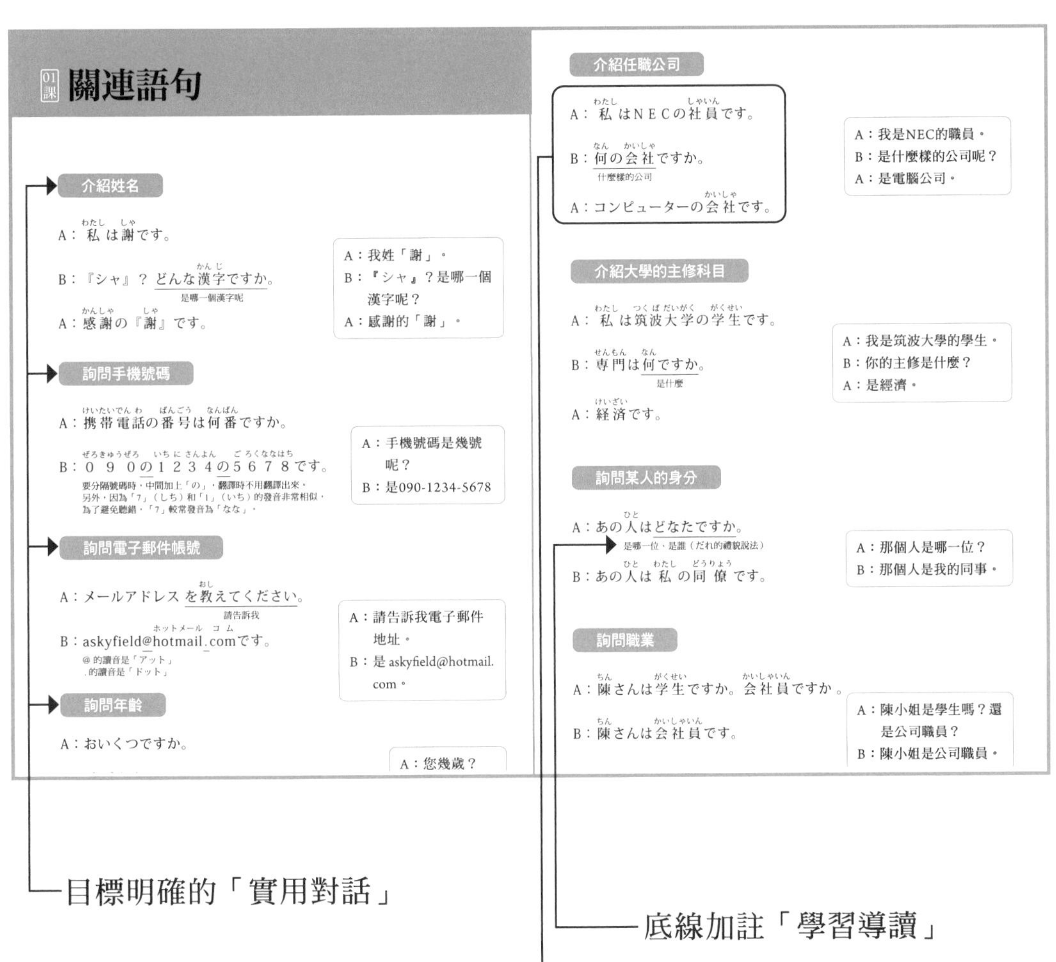

01課 關連語句
介紹姓名
A：私は謝です。
B：『シャ』？どんな漢字ですか。
是哪一個漢字呢
A：感謝の『謝』です。
A：我姓「謝」。
B：『シャ』？是哪一個漢字呢？
A：感謝的「謝」。
詢問手機號碼
A：携帯電話の番号は何番ですか。
B：0 9 0の1 2 3 4の5 6 7 8です。
A：手機號碼是幾號呢？
B：是090-1234-5678
詢問電子郵件帳號
A：メールアドレスを教えてください。
請告訴我
B：askyfield@hotmail.comです。
A：請告訴我電子郵件地址。
B：是askyfield@hotmail.com。
詢問年齡
A：おいくつですか。
A：您幾歲？
介紹任職公司
A：私はNECの社員です。
B：何の会社ですか。
什麼樣的公司
A：コンピューターの会社です。
A：我是NEC的職員。
B：是什麼樣的公司呢？
A：是電腦公司。
介紹大學的主修科目
A：私は筑波大学の学生です。
B：専門は何ですか。
是什麼
A：経済です。
A：我是筑波大學的學生。
B：你的主修是什麼？
A：是經濟。
詢問某人的身分
A：あの人はどなたですか。
B：あの人は私の同僚です。
A：那個人是哪一位？
B：那個人是我的同事。
詢問職業
A：陳さんは学生ですか。会社員ですか。
B：陳さんは会社員です。
A：陳小姐是學生嗎？還是公司職員？
B：陳小姐是公司職員。
目標明確的「實用對話」
底線加註「學習導讀」

內容簡短實用，能在三句話內完成應答！
例如：

A：我是NEC的職員。
B：是什麼樣的公司呢？
A：是電腦公司。

【初級本】重要助詞總整理

「助詞」是學好日語的重要關鍵，作者以「由簡入繁、由基本到延伸」的概念，將助詞安排到每一個學習目標之中。有些助詞不只一種用法，在本書目錄中，會以①、②、③…等數字，來表示同一個助詞的第一種、第二種、第三種…用法。優先出現的，一定是最基本、最常見的，再依序出現較多元的用法。

如果這個助詞，在【初級本】中只有出現用法①，表示用法②、③…等，是屬於【中級本】或【高級本】的程度範圍。所以，學習者也可以由此得知，每一個程度必須學好的助詞要點各是什麼。以助詞「に」為例，在【初級本】會學到用法①～⑦，表示在【初級】的程度，這七種用法都要學會。而用法①表示「動作進行時點」，則是「に」最常見的用法。

助詞：は

用法 ①	表示：主語・主題	學習目標 1	（01 課）	私は学生です。
用法 ②	表示：區別・對比	學習目標 16	（05 課）	明日は働きません。
用法 ③	表示：動作主	學習目標 16	（05 課）	私は野菜と魚を食べます。

助詞：の

用法 ①	表示：所屬	學習目標 4	（01 課）	私は貿易会社の社員です。
用法 ②	表示：所有	關連語句	（02 課）	あれは佐藤さんの傘です。
用法 ③	表示：所產	應用會話	（02 課）	それはフランスのスカーフです。
用法 ④	表示：所在	學習目標 24	（07 課）	机の上にりんごがあります。

助詞：と

用法 ①	表示：動作夥伴	學習目標 8	（03 課）	明日、友達と食事します。
用法 ②	表示：並列關係	學習目標 24	（07 課）	机の上に本とノートがあります。

助詞：に

用法 ①	表示：動作進行時點	學習目標 10	（03 課）	何時に会いますか。
用法 ②	表示：接觸點	關連語句	（05 課）	友達に会います。
用法 ③	表示：存在位置	學習目標 24	（07 課）	机の上にりんごがあります。
用法 ④	表示：動作的對方	學習目標 27	（08 課）	私は友達に電話をかけました。
用法 ⑤	表示：分配單位	學習目標 30	（09 課）	一週間に２回日本語を勉強します。
用法 ⑥	表示：目的	學習目標 40	（12 課）	日本へ漫画を勉強しに行きます。
用法 ⑦	表示：進入點	關連語句	（12 課）	温泉に入りに行きませんか。
用法 ⑧	表示：到達點	應用會話	（12 課）	所沢に着きました。

助詞：で

用法 ①	表示：動作進行地點	學習目標 11	（03 課）	駅の前で会いましょう。
用法 ②	表示：交通工具	學習目標 13	（04 課）	電車で行きます。
用法 ③	表示：行動單位	關連語句	（04 課）	一人で行きます。
用法 ④	表示：範圍	學習目標 39	（11 課）	日本でどこが一番にぎやかですか。
用法 ⑤	表示：工具・手段	學習目標 42	（12 課）	彼女と電話で話します。

助詞：へ

用法 ①	表示：方向	學習目標 12	（04 課）	新宿へ行きます。

助詞：を

用法 ①	表示：動作作用對象	學習目標 15	（05 課）	今晩、手紙を書きます。
用法 ②	表示：離開點	關連語句	（12 課）	高校を卒業しました。
用法 ③	表示：經過點	關連語句	（12 課）	公園を散歩します。

助詞：か

用法 ①	表示：疑問	學習目標 3	（01 課）	陳さんは学生ですか。
用法 ②	表示：不特定・不確定	應用會話	（12 課）	次の日曜日、何か用事がありますか。

助詞：が

用法 ①	表示：焦點	學習目標 22	（07 課）	私は日本語が少しわかります。
用法 ②	表示：逆接	應用會話	（06 課）	おいしいですが、ちょっとしょっぱいですね。

助詞：から

用法 ①	表示：因為	學習目標 23	（07 課）	時間がありませんから、タクシーで行きます。
用法 ②	表示：起點	關連語句	（03 課）	営業時間は何時から何時までですか。

助詞：しか＋否定句

用法 ①	表示：只…而已	學習目標 31	（09 課）	昨日は 4 時間しか寝ませんでした。

助詞：より

用法 ①	表示：比較基準	學習目標 36	（11 課）	京都は東京より静かです。

助詞：ほど

用法 ①	表示：像…那麼	學習目標 37	（11 課）	北海道は沖縄ほど暑くないです。

助詞：ながら

用法 ①	表示：同時進行	學習目標 42	（12課）	アルバイトをしながら、勉強します。

特別推薦 —— 行動學習 2APP

2APP 整合為「1 個初級本圖示」，讀內容、聽音檔、看影片，都在這裡！

「操作簡潔、功能強大」是行動學習新版的一大亮點！
雖然安裝 2APP，卻簡潔地以「1 個圖示」呈現。

使用時「不會感覺在切換兩支不同的 APP」，而是在使用一個「功能完備、多樣、各內容學習動線順暢，且相互支援」的「超好用 APP」！

（1）書籍內容 APP：

包含「雙書裝內容、MP3 音檔」，並增加紙本書沒有的 —— 各課單字測驗題！

- 〔點選各課〕：可隨選「學習目標、單字、應用會話、關連語句」
- 〔進入學習目標〕：可仔細讀、或點看「文法解說」「教學影片」
- 〔MP3 可全文順播〕：或播放特定單字 / 句子，自由設定 5 段語速
- 〔單字記憶訓練〕：各課單字可做「單字測驗」，並查看作答結果
- 〔閱讀訓練〕：可設定「顯示 / 隱藏 中文、解說」，體驗「中日 / 全日文」環境

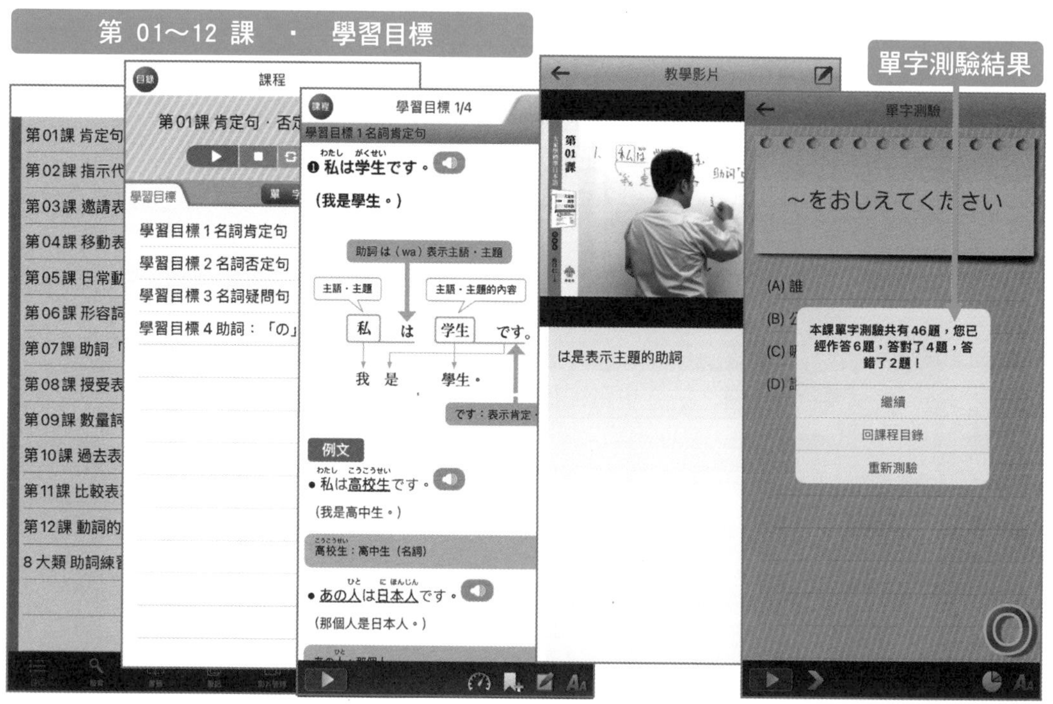

（2）教學影片 APP：

1 課 1 影片，出口仁老師詳細解說「42 個學習目標、文法要點、例文」

- 〔三步驟講解學習目標〕：1 認識單字、2 分析文型、3 解說例文
- 〔文法一定說明原因〕：不以「日語的習慣用法」模糊帶過
- 〔總長 258 分鐘〕：從「學習目標」點看「教學影片」或從「影片管理」選看各課
- 〔可子母畫面呈現〕：影片可顯示在最上方、移動位置；一邊自學一邊看 / 聽講解
- 〔看影片時可同步做筆記〕：學習心得或疑問，完整記錄下來

※〔APP 安裝・使用・版本〕

- 使用隨書附的「APP 啟用說明」掃瞄 QR-code 並輸入序號即完成安裝。
- 〔可跨系統使用〕：iOS / Android 皆適用，不受日後換手機、換作業系統影響。
- 〔提供手機 / 平板閱讀模式〕：不同載具的最佳閱讀體驗。可離線使用。
- 〔可搜尋學習內容 / 標記書籤 / 調整字體大小 / 做筆記〕
- 〔適用的系統版本〕：

iOS：支援最新的 iOS 版本以及前兩代

Android OS：支援最新的 Android 版本以及前四代

目錄

第07課 この近(ちか)くに銀行(ぎんこう)がありますか。　這附近有銀行嗎？

助詞「が」的用法・存在表現

第08課 旅行(りょこう)のお土産(みやげ)です。　旅行時買的土產。

授受表現

第09課 注文(ちゅうもん)はお決(き)まりですか。　決定好要點什麼了嗎？

數量詞

第01課

はじめまして、陳(ちん)です。　初次見面，我姓陳。

本課單字

語調	發音	漢字・外來語	意義
0	わたし	私	我
2	あな˥た	貴方（＊這個字多半用假名表示，較少用漢字）	你
2	あの˥ひと	あの人	那個人
1	か˥れ	彼	他
1	か˥のじょ	彼女	她
0	がくせい	学生	學生
3	こうこ˥うせい	高校生	高中生
3	かいしゃ˥いん	会社員	公司職員
1	しゃ˥いん	社員	～公司的職員
0	どうりょう	同僚	同事
1	しゅ˥ふ	主婦	家庭主婦
0	[お]くに	[お]国	國家
4	にほんじ˥ん	日本人	日本人
4	アメリカ˥じん	アメリカ人	美國人
3	たいわ˥ん	台湾	台灣
0	タイペイ	台北	台北
0	なまえ	名前	名字
0	かいしゃ	会社	公司
5	ぼうえきが˥いしゃ	貿易会社	貿易公司
0/5	けいたい [で˥んわ]	携帯[電話]	手機
3	ばんご˥う	番号	號碼
1	な˥んばん	何番	幾號
1	だ˥れ	誰	誰

語調	發音	漢字・外來語	意義
1	どなた		哪一位（だれ的禮貌說法）
0	せんもん	専門	主修
1	けいざい	経済	經濟
4	メールアドレス	Mail address	電子郵件地址
3	コンピューター	computer	電腦
1	はい		是的
3	いいえ		不是
1	～さい	～歳	～歲
★	～ね		～耶、～對吧？
★	～よ		～囉
3	パナソニック	Panasonic	日本松下電器
0	N E C		日本NEC公司
4	つくばだいがく	筑波大学	筑波大學
5	とうきょうだいがく	東京大学	東京大學

招呼用語

＊發音有較多起伏，請聆聽 MP3

發音	意義
おはよう［ございます］	早安
はじめまして（初めまして）	初次見面、您好
どうぞよろしく［お願（ねが）いします］	請多關照
こちらこそよろしく［お願（ねが）いします］	彼此彼此
おいくつですか	您幾歲

表現文型

＊發音有較多起伏，請聆聽 MP3

發音	意義
お国（くに）はどちらですか	是哪一國人？
～から来（き）ました	來自～
どんな漢字（かんじ）ですか	是哪一個漢字？
～を教（おし）えてください	請告訴我～

01課 學習目標 1 名詞肯定句

❶ 私(わたし)は学生(がくせい)です。（我是學生。）

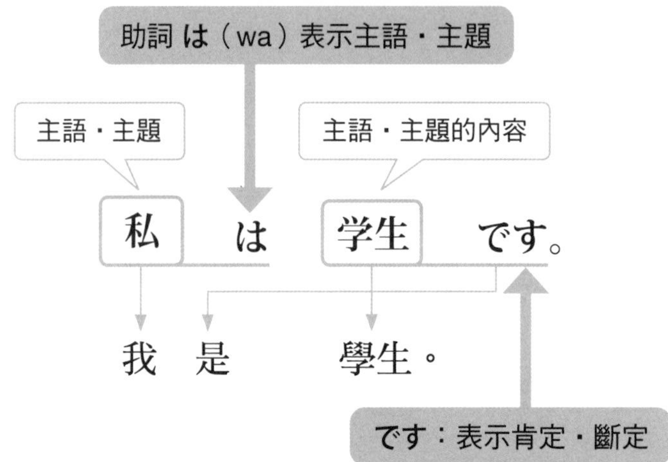

助詞 は（wa）表示主語・主題
主語・主題
主語・主題的內容
私
は
学生
です。
我
是
學生。
です：表示肯定・斷定

例文

● 私(わたし)は高校生(こうこうせい)です。（我是高中生。）
高中生（名詞）

● あの人(ひと)は日本人(にほんじん)です。（那個人是日本人。）
那個人　日本人（名詞）

● 田中(たなか)さんは主婦(しゅふ)です。（田中小姐是家庭主婦。）
家庭主婦（名詞）

「～さん」可以指「先生」或是「小姐」。

助詞「は」的發音

助詞「は」的發音 ⇒「ｗａ」(*與「わ」發音相同)
平假名的 破音字 只有兩個，「は」和「へ」：

● 「は」：

一般狀況：發音為 ha

（例）　おはようございます。（早安）

（o ha yo u go za i ma su）

當助詞時：發音為「wa」，與「わ」發音相同，表示主題。

（例）　私(わたし)は会社員(かいしゃいん)です。（我是公司職員。）

（wa ta shi／wa／ka i sha i n／de su）

● 「へ」：

一般狀況：發音為 he

（例）　平和(へいわ)な世界(せかい)。（和平的世界。）

（he i wa／na／se ka i）

當助詞時：發音為「e」，與「え」發音相同，表示移動方向。

（例）　日本(にほん)へ行(い)きます。（去日本。）

（ni ho n／e／i ki ma su）

01課 學習目標 2 名詞否定句

❷ 私（わたし）は会社員（かいしゃいん）じゃありません。（我不是公司職員。）

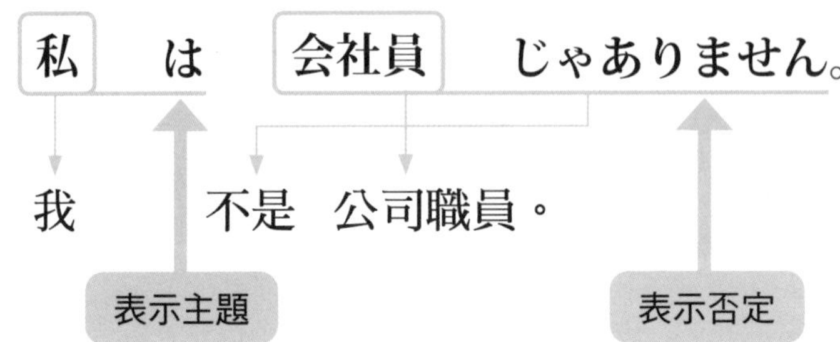
私
は
会社員
じゃありません。
我
不是
公司職員。
表示主題
表示否定

例文

● 私（わたし）は日本人（にほんじん）じゃありません。（我不是日本人。）

● あの人（ひと）はアメリカ人（じん）じゃありません。（那個人不是美國人。）
アメリカ人：美國人

● 田中（たなか）さんは学生（がくせい）じゃありません。（田中先生／小姐不是學生。）
田中さん：田中先生／小姐

一定要會的！

助詞「も」的用法

助詞「も」的意思是「也」。承襲前面的敘述，表達「和前面的敘述有相同的內容或狀況」時，使用「も」。這時原本表示「主題」的「は」要省略。

も的對話

佐藤：私は学生です。鈴木さんも学生ですか。
（ですか：是嗎）

鈴木：はい、私も学生です。高橋さんも学生ですか。
（です：是）

高橋：私は学生じゃありません。田中さんは？
（じゃありません：不是；田中さんは：田中先生／小姐呢）

田中：私も学生じゃありません。

佐藤：我是學生。鈴木小姐也是學生嗎？
鈴木：是的，我也是學生。高橋先生也是學生嗎？
高橋：我不是學生。田中小姐呢？
田中：我也不是學生。

佐藤　鈴木　高橋　田中
＝学生　≠学生

例文

- 私は日本人です。彼も日本人です。
（我是日本人。他也是日本人。）

- 井上さんは高校生です。私も高校生です。
（井上先生是高中生。我也是高中生。）

- 私は会社員です。彼女も会社員です。
（我是公司職員。她也是公司職員。）

學習目標 3 名詞疑問句

❸ 陳(ちん)さんは学生(がくせい)ですか。（陳小姐是學生嗎？）

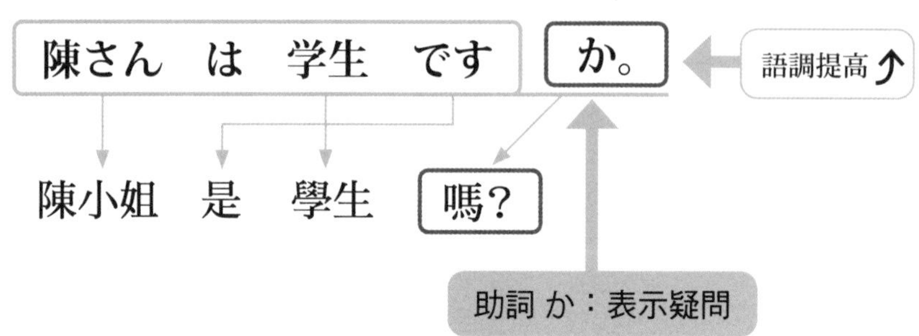

例文

● A：あなたは日本人(にほんじん)ですか。

B：はい、私(わたし)は日本人(にほんじん)です。
是的

A：你是日本人嗎？
B：是的，我是日本人。

● A：あの人(ひと)は会社員(かいしゃいん)ですか。

B：いいえ、あの人(ひと)は会社員(かいしゃいん)じゃありません。
不是

A：那個人是公司職員嗎？
B：不是，那個人不是公司職員。

● A：高橋（たかはし）さんは主婦（しゅふ）ですか。

B：いいえ、高橋（たかはし）さんは会社員（かいしゃいん）です。

A：高橋小姐是家庭主婦嗎？
B：不是，高橋小姐是公司職員。

只要是疑問句就需要「か」

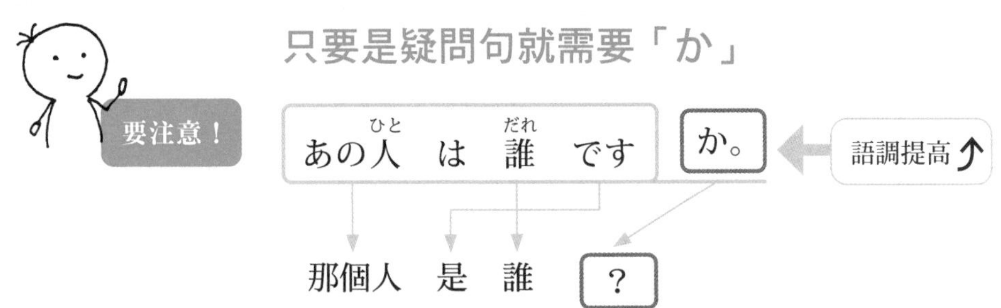

要注意！
あの人（ひと）　は　誰（だれ）　です
か。
語調提高
那個人　是　誰
？

日文裡，正式的文章不需要加上「？」，非正式的文章，例如簡訊、網路或生活上的文章，還是會用到「？、！」等符號。

一定要會的！

助詞「ね」和「よ」的用法

「ね」和「よ」是常出現在句尾的語氣助詞。

● 「ね」：

あなたは学生（がくせい）ですね。（你是學生，對吧？）　再確認

A：今日（きょう）は寒（さむ）いですね。（今天很冷耶。）　要求同意

B：そうですね。寒（さむ）いですね。（是啊，很冷耶。）　表示同意

● 「よ」：

もう8時（はちじ）ですよ。（已經8點囉。）　提醒

01課 學習目標 4 助詞「の」的用法

❹ 私(わたし)は貿易会社(ぼうえきがいしゃ)の社員(しゃいん)です。(我是貿易公司的員工。)

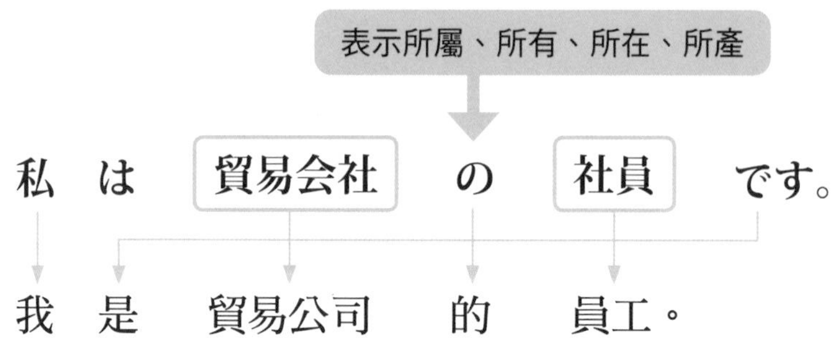

例文

● 私(わたし)は筑波大学(つくばだいがく)の学生(がくせい)です。
是
(我是筑波大學的學生。)

● あなたはパナソニックの社員(しゃいん)ですか。
是嗎?
(你是松下電器的職員嗎?)

● あの人(ひと)は東京大学(とうきょうだいがく)の学生(がくせい)じゃありません。
不是
(那個人不是東京大學的學生。)

筆記頁

空白一頁，讓你記錄學習心得，也讓下一頁的「應用會話」，能以跨頁呈現，方便於對照閱讀。

がんばってください。

（請加油！）

01課 應用會話

佐藤（さとう）：はじめまして、佐藤（さとう）です。どうぞよろしく。
初次見面，你好　請多多關照

陳（ちん）：はじめまして、陳（ちん）です。こちらこそよろしく*。
也請您多多多關照。「こちらこそ」是「彼此彼此」的意思

佐藤（さとう）：陳（ちん）さんのお国（くに）はどちらですか。
「お」為接頭辭，表達說話者的敬意

陳（ちん）：台湾（たいわん）です。台北（タイペイ）から来（き）ました*。
從…

佐藤（さとう）：そうですか*。陳（ちん）さんは学生（がくせい）ですか。
這樣子啊（か 的語調下降）

陳（ちん）：いいえ、学生（がくせい）じゃありません。会社員（かいしゃいん）です。佐藤（さとう）さんは？

佐藤（さとう）：私（わたし）も会社員（かいしゃいん）です。パナソニックの社員（しゃいん）です。

中譯

佐藤：初次見面，您好，我是佐藤。請多多關照。
陳：初次見面，您好，我姓陳。也請您多多關照。
佐藤：陳小姐來自哪一個國家？
陳：台灣。我來自台北。
佐藤：是這樣啊。陳小姐是學生嗎？
陳：不，我不是學生。我是公司職員。佐藤先生呢？
佐藤：我也是公司職員。我是松下電器的職員。

A：はじめまして、（自己的名字）です。どうぞよろしく。
（初次見面，你好，我是…請多多關照。）

B：はじめまして、（自己的名字）です。こちらこそよろしく。
（初次見面，你好，我是…彼此彼此，也請你多多關照。）

這是雙方初次見面時的日語對話應答之一。

＊…から来(き)ました。（從…來、來自…。）

高雄(たかお)から来(き)ました。（從高雄來、來自高雄。）

＊そうです［か］。↑（語調上揚）

語尾的「か」語調上揚，
表示「是這樣子嗎？」的「疑問語氣」。

＊そうです［か］。↓（語調下降）

語尾的「か」語調下降，
表示「是這樣子啊！」的「了解語氣」。

01課 關連語句

介紹姓名

A：私(わたし)は謝(しゃ)です。

B：『シャ』？ どんな漢字(かんじ)ですか。

是哪一個漢字呢

A：感謝(かんしゃ)の『謝(しゃ)』です。

A：我姓「謝」。
B：『シャ』？是哪一個漢字呢？
A：感謝的「謝」。

詢問手機號碼

A：携帯電話(けいたいでんわ)の番号(ばんごう)は何番(なんばん)ですか。

B：０９０(ぜろきゅうぜろ)の１２３４(いちにさんよん)の５６７８(ごろくななはち)です。

要分隔號碼時，中間加上「の」，翻譯時不用翻譯出來。
另外，因為「7」（しち）和「1」（いち）的發音非常相似，為了避免聽錯，「7」較常發音為「なな」。

A：手機號碼是幾號呢？
B：是090-1234-5678

詢問電子郵件帳號

A：メールアドレスを教(おし)えてください。

請告訴我

B：askyfield@hotmail.com(ホットメール コム)です。

@ 的讀音是「アット」
. 的讀音是「ドット」

A：請告訴我電子郵件地址。
B：是 askyfield@hotmail.com。

詢問年齡

A：おいくつですか。

B：２８歳(にじゅうはっさい)です。

A：您幾歲？
B：我28歲。

介紹任職公司

A：私（わたし）はＮＥＣの社員（しゃいん）です。

B：何（なん）の会社（かいしゃ）ですか。
什麼樣的公司

A：コンピューターの会社（かいしゃ）です。

A：我是NEC的職員。
B：是什麼樣的公司呢？
A：是電腦公司。

介紹大學的主修科目

A：私（わたし）は筑波大学（つくばだいがく）の学生（がくせい）です。

B：専門（せんもん）は何（なん）ですか。
是什麼

A：経済（けいざい）です。

A：我是筑波大學的學生。
B：你的主修是什麼？
A：是經濟。

詢問某人的身分

A：あの人（ひと）はどなたですか。
是哪一位、是誰（だれ的禮貌說法）

B：あの人（ひと）は私（わたし）の同僚（どうりょう）です。

A：那個人是哪一位？
B：那個人是我的同事。

詢問職業

A：陳（ちん）さんは学生（がくせい）ですか。会社員（かいしゃいん）ですか。

B：陳（ちん）さんは会社員（かいしゃいん）です。

A：陳小姐是學生嗎？還是公司職員？
B：陳小姐是公司職員。

洋服売り場はどこですか。　洋裝賣場在哪裡？

本課單字

語調	發音	漢字・外來語	意義
3	おおきい	大きい	大的
0/0/0/1	これ／それ／あれ／どれ		這～／那～／那～／哪～
0/0/0/1	この／その／あの／どの		這個～／那個～／那個～／哪個～
0/0/0/1	ここ／そこ／あそこ／どこ		這裡／那裡／那裡／哪裡
0/0/0/1	こちら／そちら／あちら／どちら		這（個、裡、位）／那（個、裡、位）／那（個、裡、位）／哪（個、裡、位）
1	トイレ	toilet	洗手間
3	おてあらい	お手洗い	洗手間（トイレ的另一種說法）
0	うけつけ	受付	櫃檯
0	きょうしつ	教室	教室
2	デパート	department	百貨公司
0	かばん	鞄（＊這個字多半用假名表示，較少用漢字）	書包、皮包、手提包
0	でんわ	電話	電話
1	かさ	傘	傘
1	ほん	本	書
0	てちょう	手帳	筆記本
1	めがね	眼鏡	眼鏡
3	パスポート	passport	護照
3	けいさんき	計算機	計算機
0	ようふく	洋服	洋裝
0	うりば	売り場	賣場
2	ふじんふく	婦人服	女裝
3	ハンカチ	handkerchief	手帕
2	スカーフ	scarf	領巾

語調	發音	漢字・外來語	意義
1	ネクタイ	necktie	領帶
1	シャツ	shirt	襯衫
0	パソコン	personal computer	個人電腦
1	ぜんぶで	全部で	全部總共
1	じゃあ		那麼
1/1	わあ／あっ		哇／啊
0/1/1	あのう／えっ／うーん		嗯…、那個…／咦！？／嗯…（表示思考）
1	いくら		多少錢
1/1	まん／せん	万／千	萬／千
2/1	ひゃく／じゅう	百／十	百／十
★	～ご	～語	～語
1	～かい	～階	～樓
1/1/1	～えん／～げん／～ドル	～円／～元／dollar	～日圓／～元／～美金
1	なん	何	什麼
0	フランス	France	法國
1	ドイツ	Deutschland	德國
1	ソニー	SONY	日本SONY公司

招呼用語

＊發音有較多起伏，請聆聽 MP3

發音	意義
ありがとうございました	謝謝
すみません	對不起，請問…
そうですね	對啊
いらっしゃいませ	歡迎光臨

表現文型

＊發音有較多起伏，請聆聽 MP3

發音	意義
入（はい）ってみましょう	進去看看吧
～でございます	在～（～です的禮貌說法）
きれいですね	真漂亮啊
どうしますか	打算怎麼做呢？
ちょっと考（かんが）えます	考慮一下
～をください	請給我～

學習目標 5 指示詞：指地方的說法

❶ トイレはどこですか。（洗手間在哪裡呢？）

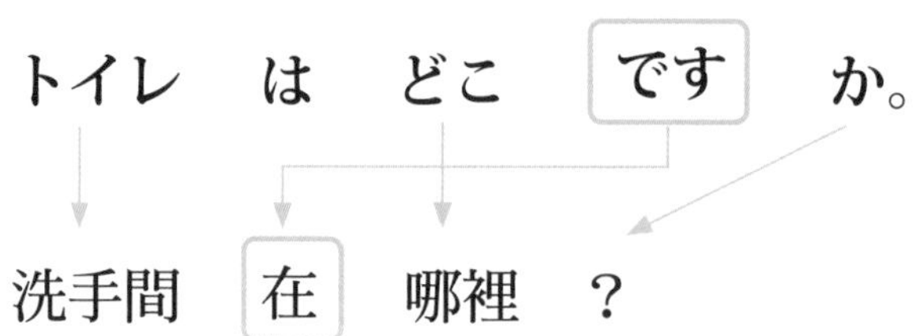

例文

● A：電話（でんわ）はどこですか。（電話在哪裡呢？）

B：電話（でんわ）はここです。（電話在這裡。）

● A：受付（うけつけ）はここですか。（櫃檯在這裡嗎？）

受付：櫃檯

B：はい、そうです。こちらです。（是的，沒錯。櫃檯在這裡。）

「こちら」是「ここ（這裡）」的禮貌說法

● A：教室（きょうしつ）はどちらですか。（教室在哪裡呢？）

「どちら」是「どこ（哪裡）」的禮貌說法

B：教室（きょうしつ）はあちらです。（教室在那裡。）

「あちら」是「あそこ（那裡）」的禮貌說法

助述詞（助動詞）「です」的翻譯

「～です」一般翻譯為「是～」，如果提到與地方有關的內容，翻譯為「在～」較恰當。

指示詞「ここ、そこ、あそこ」的範圍

從 說話者：私（わたし）（我） 的立場來看：

私（わたし）（我）

ここ（這裡）

靠近自己的地方。

相手（あいて）（對方）

そこ（那裡）

靠近對方的地方。

あそこ（那裡）

距離自己和對方都遠的地方。

行有餘力再多學！

指示詞的種類

	指「東西」	指「東西」（後面一定要接續名詞）	指「地方」	指「東西、地方、人」（有禮貌的說法）
靠近自己	これ 這（個）	この～ 這個～	ここ 這裡	こちら 這（個）、這裡、這位
靠近對方	それ 那（個）	その～ 那個～	そこ 那裡	そちら 那（個）、那裡、那位
遠方	あれ 那（個）	あの～ 那個～	あそこ 那裡	あちら 那（個）、那裡、那位
疑問詞	どれ 哪（個）	どの～ 哪個～	どこ 哪裡	どちら 哪（個）、哪裡、哪位

※「どちら」也用於二選一時的「哪一個」

● 「指示詞」的開頭發音都是「こ・そ・あ・ど」。

學習目標 6 指示詞：指東西的說法 ①

❷ それは何（なん）ですか。　（那是什麼呢？）

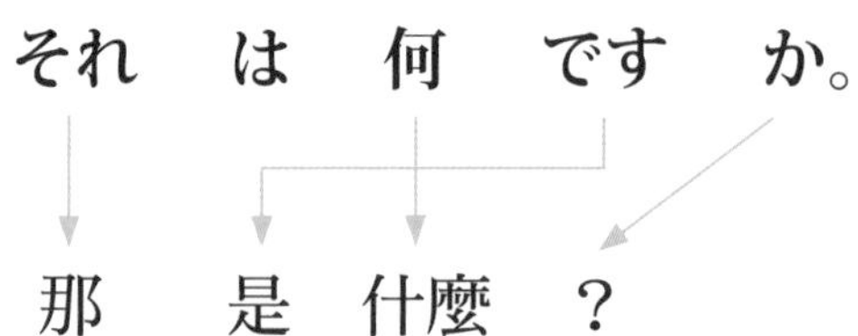

例文

● それはあなたの傘（かさ）ですか。
是嗎？

（那是你的傘嗎？）

● これは私（わたし）のかばんです。あれも私（わたし）のかばんです。
書包　也

（這是我的書包。那也是我的書包。）

● これは私（わたし）の手帳（てちょう）じゃありません。
筆記本

（這不是我的筆記本。）

指示詞「これ、それ、あれ」的範圍

從 說話者：私（我） 的立場來看：

- 自己摸得到的範圍，使用「これ」。
- 對方摸得到、自己摸不到的範圍，使用「それ」。

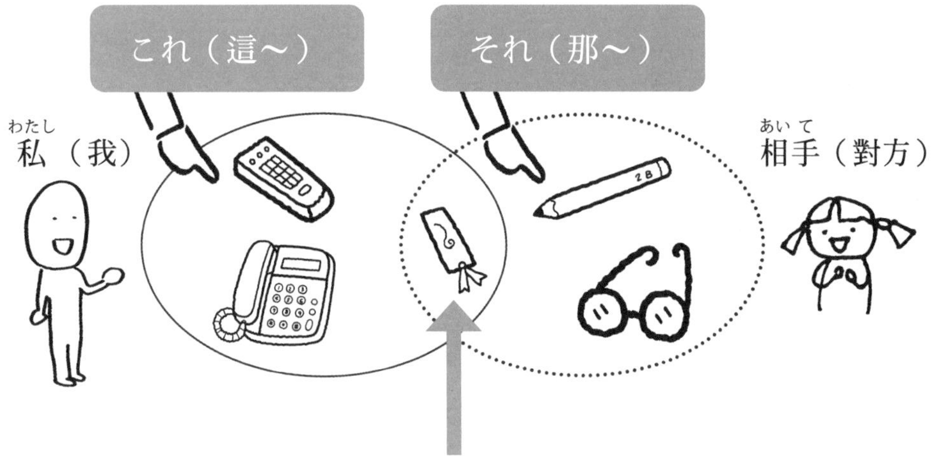

- 屬於「自己」和「對方」都摸得到的範圍時，對雙方來說都是「これ」。

- 「自己」和「對方」都摸不到的範圍，使用「あれ」。

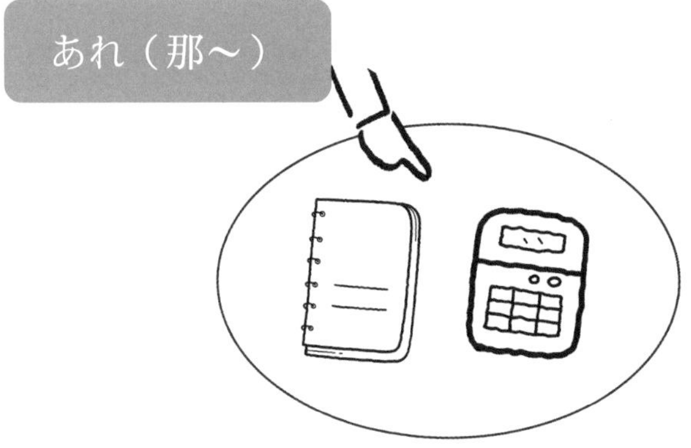

學習目標 7 指示詞：指東西的說法 ②

❸ そのかばんはいくらですか。（那個書包是多少錢呢？）

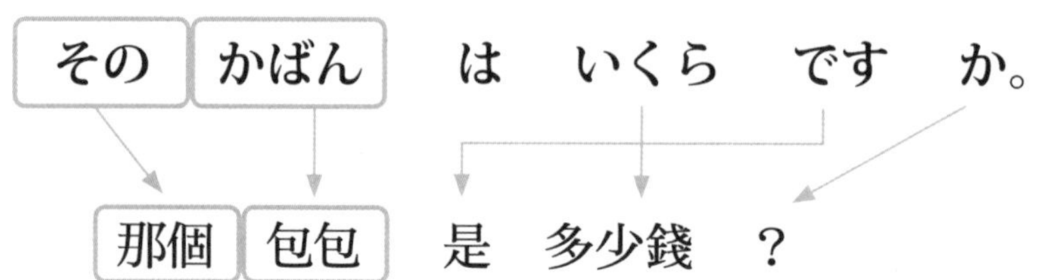

例文

A：この傘（かさ）はいくらですか。（這把傘是多少錢呢？）
いくら：多少錢

B：その傘（かさ）は３００円（さんびゃくえん）です。（那把傘是300日圓。）

A：じゃ、その傘（かさ）も３００円（さんびゃくえん）ですか。（那麼，那把傘也是300日圓嗎？）

B：いいえ、この傘（かさ）は５００円（ごひゃくえん）です。（不是，這把傘是500日圓。）

A：じゃ、この傘（かさ）をください。（那麼，請給我這把傘。）
をください：請給我

B：はい、３００円（さんびゃくえん）です。（好的，收下您的300日圓。）
はい：好的　３００円です：收下您的300日圓

ありがとうございました。（謝謝您。）

「この、その、あの、どの」＋名詞

「この」（這個～）「その」（那個～）「あの」（那個～）「どの」（哪個～）後面一定要接續名詞。

- 「これ＋は…」的句子：

これ は 誰（だれ）の かばん です か 。（這是誰的包包？）

- 「この＋名詞＋は…」的句子：

この かばん は 誰（だれ）の です か。（這個包包是誰的？）

這兩句話意思相同，一句用「これ」，一句用「この」。

價格的說法

	万位	千位	百位	十位	個位	単位
1	いちまん	せん	ひゃく	じゅう	いち	
2	にまん	にせん	にひゃく	にじゅう	に	
3	さんまん	さんぜん	さんびゃく	さんじゅう	さん	
4	よんまん	よんせん	よんひゃく	よんじゅう	よ	
5	ごまん	ごせん	ごひゃく	ごじゅう	ご	円（えん）（日圓）
6	ろくまん	ろくせん	ろっぴゃく	ろくじゅう	ろく	
7	ななまん	ななせん	ななひゃく	ななじゅう	なな	
8	はちまん	はっせん	はっぴゃく	はちじゅう	はち	
9	きゅうまん	きゅうせん	きゅうひゃく	きゅうじゅう	きゅう	

- 不同顏色的為特殊發音，要特別注意！其他貨幣單位有：

台湾元（たいわんげん）（台幣）　人民元（じんみんげん）（人民幣）　香港（ほんこん）ドル（港幣）

ドル（美金）　ユーロ（歐元）　ウォン（韓圓）

02課 應用會話

陳（ちん）：わあ、大（おお）きいデパートですね。

佐藤（さとう）：そうですね。入（はい）ってみましょう。

進去看看吧！「ましょう」是提議、邀請的用語

案内（あんない）：いらっしゃいませ。

歡迎光臨

陳（ちん）：すみません、洋服売り場（ようふくうりば）はどこですか。

對不起，請問…

案内（あんない）：婦人服（ふじんふく）は２階（にかい）でございます。

女裝　在…。「でございます」是「です」的禮貌說法

中譯

陳：哇，好大的百貨公司耶。

佐藤：對啊！我們進去看看吧！

接待人員：歡迎光臨。

陳：對不起，請問洋裝賣場在哪裡呢？

接待人員：女裝在２樓。

いらっしゃいませ
（歡迎光臨）

案内（あんない）
（接待人員）

佐藤（さとう）：あっ、洋服売り場（ようふくうりば）はここですよ。

陳（ちん）：佐藤（さとう）さん、これはハンカチですか。

佐藤（さとう）：いいえ、それはスカーフですよ。

店員（てんいん）：いらっしゃいませ。

陳（ちん）：あのう*、これはどこのスカーフですか*。

嗯…　哪一國製造的絲巾呢？

店員（てんいん）：それはフランスのスカーフです。

陳（ちん）：きれいですね。このスカーフはいくらですか*。

是多少錢呢？

店員（てんいん）：２９８００円（にまんきゅうせんはっぴゃくえん）です。

陳（ちん）：えっ、２９８００円（にまんきゅうせんはっぴゃくえん）！？

咦！？表示驚訝的語氣

佐藤（さとう）：陳（ちん）さん、どうしますか。

打算怎麼做？

陳（ちん）：うーん、ちょっと考（かんが）えます。

嗯…　一下

中譯

佐藤：啊！洋裝賣場在這裡喔！

陳：佐藤先生，這是手帕嗎？

佐藤：不是，那是絲巾喔！

店員：歡迎光臨。

陳：嗯…請問這是哪一國製造的絲巾呢？

店員：那是法國的絲巾。

陳：真漂亮啊！這條絲巾是多少錢呢？

店員：29800日圓。

陳：咦！？29800日圓！？

佐藤：陳小姐，你打算怎麼做呢？

陳：嗯…我要考慮一下。

＊「あのう」是喚起別人注意，以便開啟對話的發語詞。例如，想要找洗手間時，可以這樣說：

あのう、トイレはどこですか。（那個，請問洗手間在哪裡呢？）

＊詢問「原產地、哪一國製造、哪一個品牌、哪一家公司製造」可以說：どこの＋（名詞）＋ですか。

＊回答時，可以放入國家名、產地名稱、公司名稱、品牌名稱。例如：

「ドイツの車」（德國製的汽車）

「ソニーのパソコン」（SONY 品牌的個人電腦）

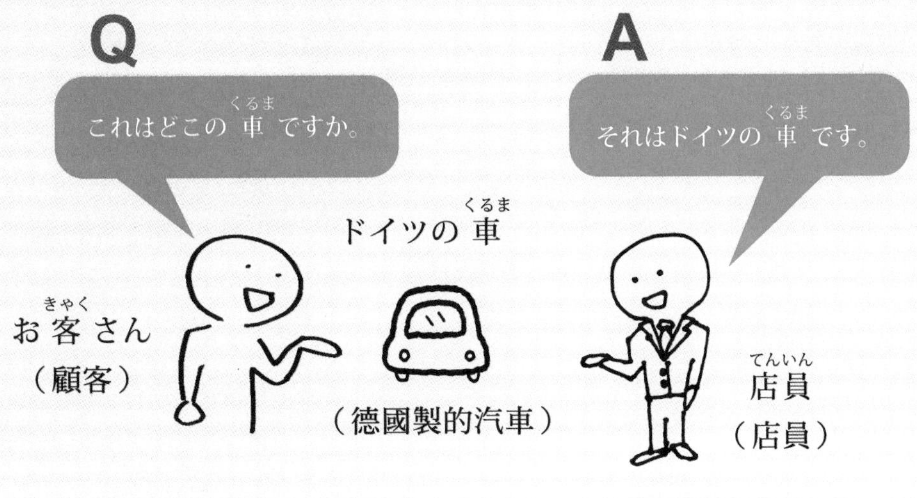

Q
これはどこの 車 ですか。
A
それはドイツの 車 です。
ドイツの 車
お客さん
（顧客）
（德國製的汽車）
店員
（店員）

（這是哪一國製造的車子呢？）　（那是德國製造的車子。）

＊～いくらですか。（～是多少錢呢？）

この手帳はいくらですか。（這本記事本是多少錢呢？）

＊前面學過了：「この」後面要接名詞。所以這裡用「この手帳」。這一點很重要，要記得！！

02課 關連語句

詢問是什麼書

A：それは何(なん)の本(ほん)ですか。
什麼樣的書

B：これは日本語(にほんご)の本(ほん)です。

A：那是什麼書呢？
B：這是日語的書。

詢問東西是誰的

A：あれは誰(だれ)の傘(かさ)ですか。

B：あれは佐藤(さとう)さんの傘(かさ)です。

A：那是誰的傘呢？
B：那是佐藤先生的傘。

詢問是你的東西嗎

A：このかばんはあなたのですか。

B：いいえ、私(わたし)のじゃありません。
不是

A：這個書包是你的嗎？
B：不是，不是我的。

詢問哪個廠牌

A：これはどこのパソコンですか。
個人電腦

B：それはソニーのパソコンです。

A：這是哪一家公司的個人電腦呢？
B：那是 SONY 的個人電腦。

詢問產地

A：これはどこのビールですか。
（ビール：啤酒 = beer）

B：これはドイツのビールです。
（ドイツ：德國）

A：這是哪一國的啤酒呢？
B：這是德國的啤酒。

詢問洗手間的位置

A：トイレはどこですか。
（トイレ：洗手間）

B：3階（さんがい）でございます。

A：洗手間在哪裡呢？
B：在3樓。

我要買這些…

A：このネクタイとそのシャツをください。
（ネクタイ：領帶　シャツ：襯衫）

B：はい、全部（ぜんぶ）で5800円（ごせんはっぴゃくえん）です。
（全部で：全部總共，「で」是表示「總計、合計」的助詞）

A：請給我這條領帶和那件襯衫。
B：好的，全部總共是5800日圓。

第03課

10時(じゅうじ)に新宿駅(しんじゅくえき)の前(まえ)で会(あ)いましょう。

10點（的時候）在新宿車站前面見面吧！

本課單字

語調	發音	漢字・外來語	意義
2	しま˥す		做
5	しょくじしま˥す	食事します	用餐、吃飯
5	りょこうしま˥す	旅行します	旅行
2	ねま˥す	寝ます	睡覺
3	おきま˥す	起きます	起床
3	あいま˥す	会います	見面
6	べんきょうしま˥す	勉強します	唸書、學習
5	はたらきま˥す	働きます	工作
4	おわりま˥す	終わります	結束
0	ともだち	友達	朋友
1	え˥き	駅	車站
2	としょ˥かん	図書館	圖書館
0	りょこう	旅行	旅行
0	しごと	仕事	工作
3	やすみ˥	休み	休息、休假日
1	ご˥ぜん	午前	上午
1	ご˥ご	午後	下午
1	あ˥さ	朝	早上
2	ひる˥	昼	白天、中午
1	よ˥る	夜	晚上
0	ばん	晩	晚上（よる的另一種說法）
1	し˥んや	深夜	深夜
0	みめい	未明	凌晨

語調	發音	漢字・外來語	意義
0	そうちょう	早朝	清晨
0	ゆうがた	夕方	傍晚
3	あした	明日	明天
2	どようび	土曜日	星期六
3	にちようび	日曜日	星期天
1	らいげつ	来月	下個月
1	まいばん	毎晩	每天晚上
5	えいぎょうじかん	営業時間	營業時間
1	まいにちえいぎょう	毎日営業	每天營業
1	まえ	前	前面
5	こうこうじだい	高校時代	高中時代
0	ひがしぐち	東口	東口
0	にしぐち	西口	西口
2	ひとりで	一人で	一個人、獨自
0	いっしょに	一緒に	一起
1	うん		嗯（表示贊同）
1	ええ		嗯、好啊（表示贊同）
0	～ようび	～曜日	星期～
0	～じ	～時	～點
1/1	～から／～まで		從～開始／到～為止
0	しんじゅく	新宿	新宿
1	ルフラン		Refrain（虛構的餐廳名）

招呼用語

＊發音有較多起伏，請聆聽 MP3

發音	意義
いいですね	好呀、不錯耶
すみません、ちょっと…	對不起，有點…
じゃ、また～	那麼，～的時候再見

表現文型

＊發音有較多起伏，請聆聽 MP3

發音	意義
楽(たの)しみにしています	我很期待著
そうしましょう	就這麼做吧

學習目標 8 助詞：「と」的用法 ①

❶ 明日（あした）、友達（ともだち）と食事（しょくじ）します。（明天（我）要和朋友吃飯。）

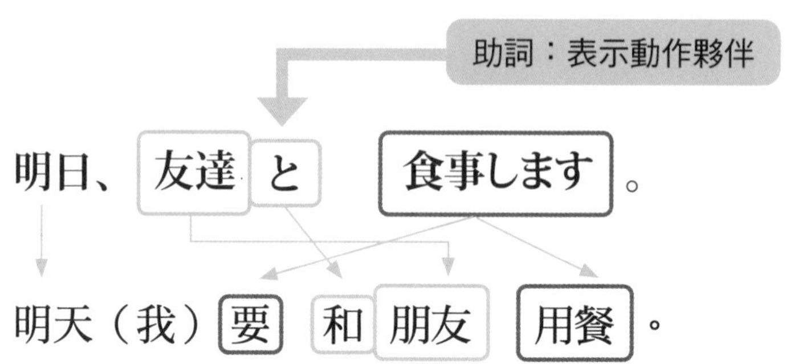

助詞：表示動作夥伴
明日、友達 と 食事します。
明天（我）要 和 朋友 用餐。

例文

● 明日（あした）、ＮＥＣの社員（しゃいん）と食事（しょくじ）します。
（明天（我）要和NEC的職員吃飯。）

● A：日曜日（にちようび）、誰（だれ）と食事（しょくじ）しますか。
星期天

B：高校時代（こうこうじだい）の友達（ともだち）と食事（しょくじ）します。
高中時代

A：星期天（你）要和誰吃飯呢？
B：（我）要和高中時代的朋友吃飯。

● A：来月（らいげつ）の旅行（りょこう）、あなたは誰（だれ）と旅行（りょこう）しますか。
下個月

B：私（わたし）は一人（ひとり）で旅行（りょこう）します。
一個人

A：下個月的旅行，你要和誰去旅行呢？
B：我要一個人去旅行。

主語的省略

一般日文會話中常常省略主語。肯定句所省略的主語通常是「私(わたし)（我）」，疑問句所省略的主語原則上是「あなた（你）」。

● **肯定句：省略主語「私(わたし)は」**

（例）　明日(あした)、（私(わたし)は）友達(ともだち)と食事(しょくじ)します。
（明天（我）要和朋友吃飯。）

● **疑問句：省略主語「あなたは」**

（例）　明日(あした)、（あなたは）誰(だれ)と食事(しょくじ)しますか。
（明天（你）要和誰吃飯呢？）

動詞基本用法

動詞有四種時態，分別為「現在肯定形」「現在否定形」「過去肯定形」「過去否定形」。下方以「働きます（工作）」為例說明：

働(はたら)きます	**肯定形**	**否定形**
現在形	～ます 働(はたら)きます （要工作）	～ません 働(はたら)きません （不要工作）
過去形	～ました 働(はたら)きました （工作了）	～ませんでした 働(はたら)きませんでした （沒有去工作）

● 另外還有表示「催促對方動作」的說法：～ましょう（～吧）

（例）　働(はたら)きましょう（去工作吧！）

行有餘力再多學！　「動詞現在形」和「動詞過去形」

動詞的「現在形」和「過去形」並非只能表示現在或過去的動作，下方說明「現在形」和「過去形」的用法：

● **現在形：**

用於 這下要做的動作

（例）　これから勉強(べんきょう)します。（現在開始要唸書。）

用於 未來要做的動作

（例）　明日(あした)勉強(べんきょう)します。（明天要唸書。）

用於 固定・習慣性動作

（例）　毎晩(まいばん)勉強(べんきょう)します。（每晚唸書。）

● **過去形：**

用於 過去的某一個動作

（例）　昨日(きのう)勉強(べんきょう)しました。（昨天唸了書。）

用於 動作的完成

（例）　今(いま)、仕事(しごと)が終(お)わりました。（現在工作結束了。）

筆記頁

空白一頁，讓你記錄學習心得，也讓下一頁的「學習目標」，能以跨頁呈現，方便於對照閱讀。

がんばってください。

（請加油！）

學習目標 9 邀請・邀約的說法

❷ いっしょに食事（しょくじ）しませんか。（要不要一起用餐呢？）

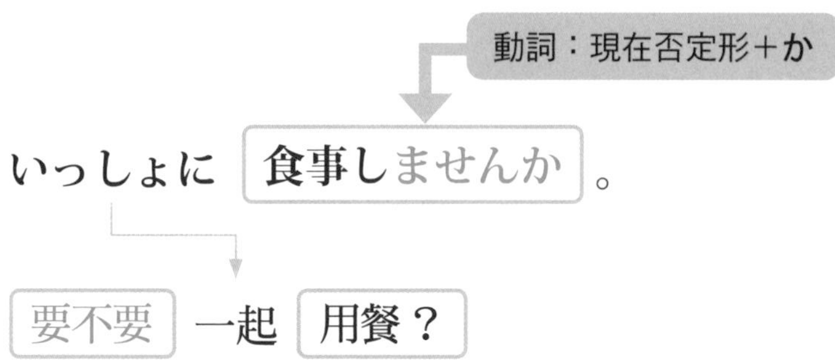

例文

● A：明日（あした）、友達（ともだち）と食事（しょくじ）します。Bさんも一緒（いっしょ）に食事（しょくじ）しませんか。

「いっしょに」的漢字寫法是「一緒に」

B：ええ*、食事（しょくじ）しましょう。

ええ：好啊　食事しましょう：一起吃飯吧

A：（我）明天要和朋友吃飯。B先生要不要也一起吃飯呢？

B：好啊，一起吃飯吧。

● A：一緒（いっしょ）に旅行（りょこう）しませんか。

B：え？すみません、ちょっと…

ちょっと：有點…（不太方便）

A：要不要一起旅行？

B：咦？對不起，有點…（不太方便）。

「ええ」是「はい」的口語說法，語氣較輕鬆。

「回應邀請」的說法

提出邀請的方式是：「一緒（いっしょ）に＋…ません＋か」。
例如：

- **邀請對方吃飯時：**

いっしょに…ませんか。

一緒（いっしょ）に食事（しょくじ）しませんか。（要不要一起吃飯呢？）

- 答應 → **ええ、＋ 任何動詞 ＋ ましょう**

ええ、食事（しょくじ）しましょう。
（好啊，一起吃飯吧。）

- 拒絕

すみません、ちょっと…。
（對不起，有點…（不太方便）。）

一般而言，日本人比較不喜歡直接拒絕別人，所以會用「すみません、ちょっと…」這種委婉的拒絕方式。「ちょっと」是「有一點…」的意思，如果想要委婉的拒絕，可以說「ちょっと…」，這樣對方就知道你不方便參加。

學習目標 10 助詞：「に」的用法 ①

❸ 何時（なんじ）に会（あ）いますか。（（我們）幾點（的時候）見面呢？）

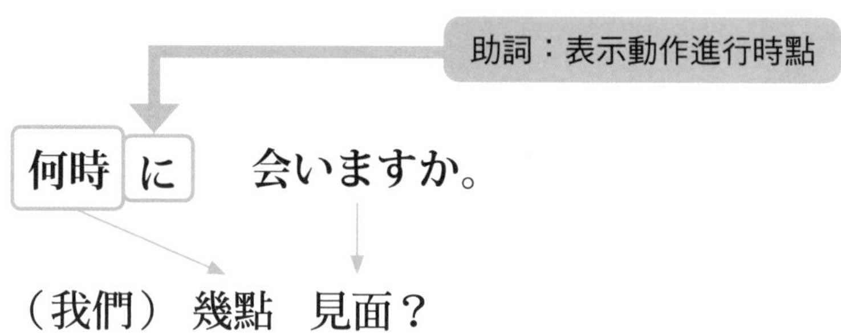
助詞：表示動作進行時點
何時
に
会いますか。
（我們） 幾點 見面？

例文

● 10時（じゅうじ）に友達（ともだち）と食事（しょくじ）します。
朋友（友達）

（（我）10點（的時候）要和朋友吃飯。）

● 毎晩（まいばん）、23時（じゅういちじ）に寝（ね）ます。
晚上11點，寫法是「23時」，但是唸的時候通常是唸「じゅういちじ」（11時）

（（我）每天晚上11點（的時候）睡覺。）

● 明日（あした）9時（くじ）に会（あ）いましょう。
見面吧（会いましょう）

（（我們）明天9點（的時候）見面吧！）

要注意！ 什麼時候需要「表示動作時點的助詞に」？

有些單字後面不需要放表示動作時點的助詞「に」，有些單字則是一定要放，大致分為三種情形：

● **要放「に」的單字：**

時間點確定的時間詞（阿拉伯數字的時間詞）

（例） 8時（はちじ）に（8點）、午後4時（ごごよじ）に（下午4點）、
10時半（じゅうじはん）に（10點半）、5月（ごがつ）に（5月）…

● **不放「に」的單字：**

不特定的時間點、會依講話時點而改變的時間詞

（例） 明日（あした）（明天）、夜（よる）（晚上）、毎日（まいにち）（每天）、
来週（らいしゅう）（下星期）、去年（きょねん）（去年）…

〈說明〉明天、晚上、去年…的時間都很長，不是特定的時間點。

後面沒有動詞

（例） 今（いま）、6時（ろくじ）~~に~~です。 沒有動詞，所以不放に
（現在是6點。）

不是「時間點」，而是「期間」

（例） 毎日（まいにち）3時間（さんじかん）~~に~~勉強（べんきょう）します。 表示「期間」，所以不放に
（每天唸書3個小時。）「3時間」是「期間」。

● **放不放「に」都可以的單字：**

表示「星期幾」的時間詞

（例） 月曜日（げつようび）（に）（星期一）、火曜日（かようび）（に）（星期二）…

時間的說法

時間的基本說法如下：

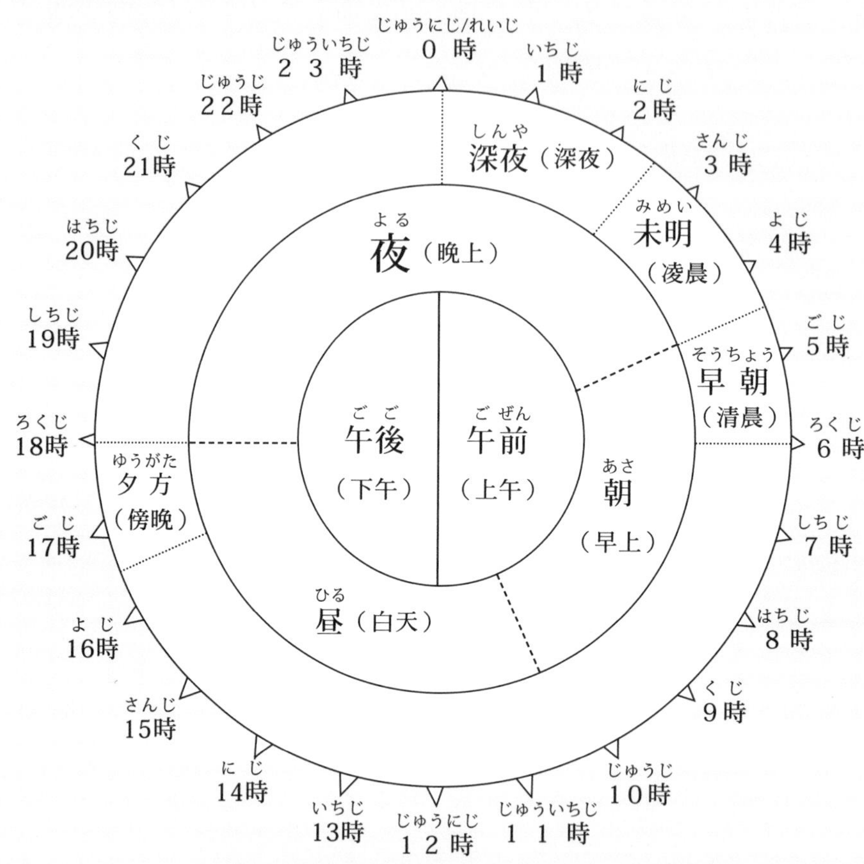

- 虛線所劃分的時間帶為個人的判斷，可能因季節不同，而有不同的定義。
- 請注意「13 時（下午 1 點）」～「0 時（晚上 12 點）」常見的寫法及唸法：

「下午 1 點」通常寫成「13 時」，但發音時唸成 いちじ　較多

「下午 2 點」通常寫成「14 時」，但發音時唸成 にじ　較多

……………………

「晚上 6 點」通常寫成「18 時」，但發音時唸成 ろくじ　較多

……………………

「晚上 11 點」通常寫成「23 時」，但發音時唸成 じゅういちじ　較多

- 但若寫出「午前」「午後」，則寫例如「午後 7 時」，不寫「午後 19 時」。

助詞：「で」的用法 ①

❹ 駅(えき)の前(まえ)で会(あ)いましょう。（（我們）在車站前見面吧。）

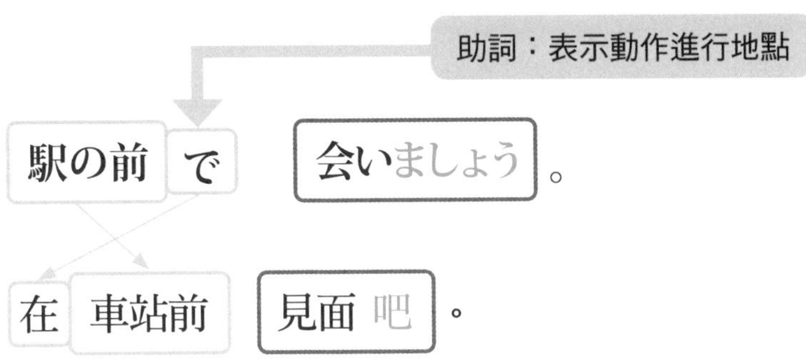
助詞：表示動作進行地點
駅の前
で
会いましょう
。
在
車站前
見面 吧
。

例文

● 図書館(としょかん)で勉強(べんきょう)します。（（我）要在圖書館唸書。）

● A：明日(あした)、新宿(しんじゅく)で一緒(いっしょ)に食事(しょくじ)しませんか。
一緒に：一起

B：ええ、いいですね。何時(なんじ)ですか。
いいですね：不錯耶
何時：幾點

A：明天要不要在新宿一起吃飯呢？
B：好啊，不錯耶。要約幾點呢？

何時(なんじ)ですか。

（要約幾點呢？）

03課 應用會話

佐藤（さとう）：陳（ちん）さん、土曜日（どようび）に友達（ともだち）と食事（しょくじ）します。陳（ちん）さんも一緒（いっしょ）に食事（しょくじ）しませんか。

陳（ちん）：どこで食事（しょくじ）しますか。

佐藤（さとう）：新宿（しんじゅく）のルフランです。

陳（ちん）：いいですね。何時（なんじ）ですか。

佐藤（さとう）：１０時（じゅうじ）に新宿駅（しんじゅくえき）の前（まえ）で会（あ）いましょう。

見面吧

陳（ちん）：東口（ひがしぐち）ですか、西口（にしぐち）ですか*。

是在東口嗎？還是在西口呢？

佐藤（さとう）：西口（にしぐち）です。

陳（ちん）：１０時（じゅうじ）に新宿駅（しんじゅくえき）の西口（にしぐち）ですね。楽（たの）しみにしています。

很期待

佐藤（さとう）：うん、じゃ、また土曜日（どようび）*。

那麼，我們星期六見

中譯

佐藤：陳小姐，我星期六（的時候）要和朋友吃飯。陳小姐要不要也一起吃飯呢？

陳：要在哪裡吃飯呢？

佐藤：在新宿的 Refrain。

陳：好呀。要約幾點呢？

佐藤：我們 10 點（的時候）在新宿車站前見面吧。

陳：是在東口嗎？還是在西口呢？

佐藤：在西口。

陳：10 點（的時候）在新宿車站的西口對吧？我很期待。

佐藤：嗯，那麼，我們星期六見。

＊～ですか↑、～ですか↑。（兩個 か 的語調都要上揚）

這是將兩個疑問句並列，希望對方從中選擇一個答案的疑問用法。

意思是：是…嗎？還是…呢？

回答的時候不說「はい」或「いいえ」，直接回答「～です。」

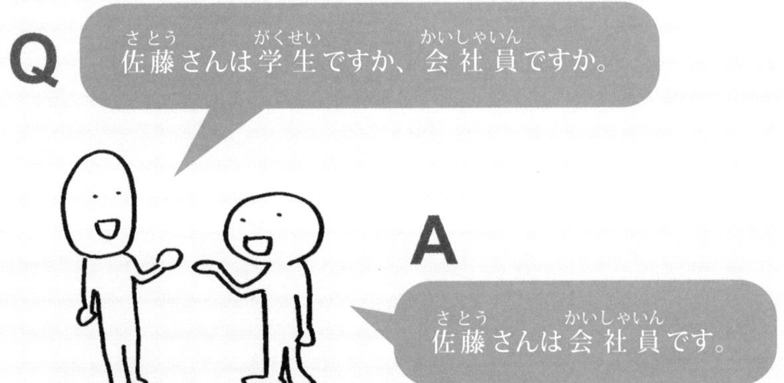

Q
佐藤（さとう）さんは学生（がくせい）ですか、会社員（かいしゃいん）ですか。
A
佐藤（さとう）さんは会社員（かいしゃいん）です。

Q：佐藤先生是學生嗎？還是公司職員呢？

A：佐藤先生是公司職員。

＊じゃ、また～（那麼，～的時候再見。）

じゃ、また明日（あした）。（那麼，明天見。）

03課

關連語句

詢問現在的時間

A：今（いま）、何時（なんじ）ですか。
今：現在

B：１０時（じゅうじ）１０分（じゅっぷん）です。

A：現在是幾點呢？
B：10 點 10 分。

邀約對方一起吃飯

A：明日（あした）、一緒（いっしょ）に 食事（しょくじ）しませんか。

B：すみません、明日（あした）はちょっと…。
ちょっと…：有點…

A：明天要不要一起吃飯呢？
B：對不起，明天有點…（不太方便）。

提議休息

A：じゃ、ちょっと休（やす）みましょう。
ちょっと：一下

B：ええ、そうしましょう。
そうしましょう：就這麼做吧

A：那麼，我們休息一下吧。
B：好啊，就這麼做吧。

詢問營業時間

A：営業時間（えいぎょうじかん）は何時（なんじ）から何時（なんじ）までですか。
から：從～開始　まで：到～為止

B：朝（あさ）９時（くじ）から夜（よる）１１時（じゅういちじ）までです。
朝：早上　夜：晚上

A：營業時間是從幾點開始到幾點為止呢？
B：是從早上 9 點開始到晚上11點為止。

詢問休假日

A：休(やす)み は 何曜日(なんようび)ですか。

休假日　星期幾

B：毎日営業(まいにちえいぎょう)です。

A：休假日是星期幾呢？
B：每天都營業。

第04課

どうやっていきますか。　要怎麼去呢？

本課單字

語調	發音	漢字・外來語	意義
3	まちます	待ちます	等待
3	いきます	行きます	去
2	きます	来ます	來
4	かえります	帰ります	回去
0	びょういん	病院	醫院
0	がっこう	学校	學校
2	うち	家	家
1	レストラン	restaurant	餐廳
3	こっち		這裡
0	でんしゃ	電車	電車
1	タクシー	taxi	計程車
1	バス	bus	公車
2	じてんしゃ	自転車	腳踏車
1	ふね	船	船
0	くに	国	國家
0	らいねん	来年	明年
1	きょう	今日	今天
2	きのう	昨日	昨天
3	たんじょうび	誕生日	生日
2	あるいて	歩いて	走路
0	それから		然後
1	どうやって		怎麼做…
1	いつ		什麼時候
1	なん	何	什麼

語調	發音	漢字・外來語	意義
0	～がつ	～月	～月
0	～にち	～日	～號、～日
0	おきなわ	沖縄	沖繩
3	いけぶ˥くろ	池袋	池袋
1	き˥んかくじ	金閣寺	金閣寺

招呼用語 ＊發音有較多起伏，請聆聽 MP3

發音	漢字・外來語	意義
こんにちは		您好
[お]きをつけて	[お]気をつけて	請小心

表現文型 ＊發音有較多起伏，請聆聽 MP3

發音	意義
いかがですか	如何
楽(たの)しみですね	很期待耶
お待(ま)たせしました	讓你久等了
いえ、そんなに	不，沒有那麼…

04課 學習目標 12 助詞：「へ」的用法

❶ 新宿(しんじゅく)へ行(い)きます。（（我）要去新宿。）

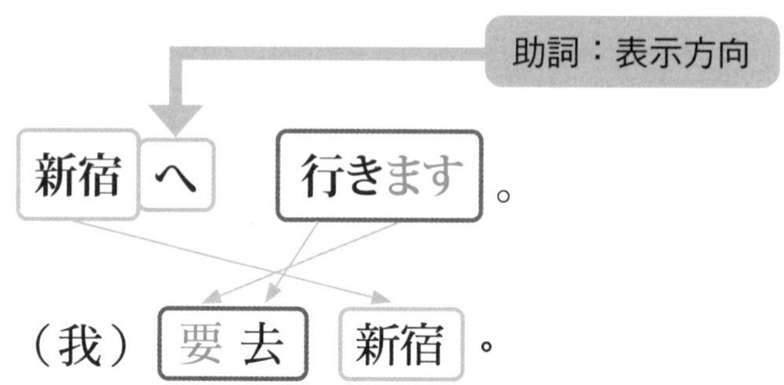

例文

- 昨日(きのう)、図書館(としょかん)へ行(い)きました。（（我）昨天去了圖書館。）
  昨日：昨天
- A：あなたは誰(だれ)とここへ来(き)ましたか。（你和誰一起來到這裡呢？）
  ここ：這裡
  B：一人(ひとり)でここへ来(き)ました。（（我）一個人來到這裡的。）
  一人：一個人
- 私(わたし)は20時(はちじ)にうちへ帰(かえ)ります。（我要在晚上8點（的時候）回家。）
  20時：晚上8點　帰ります：回去

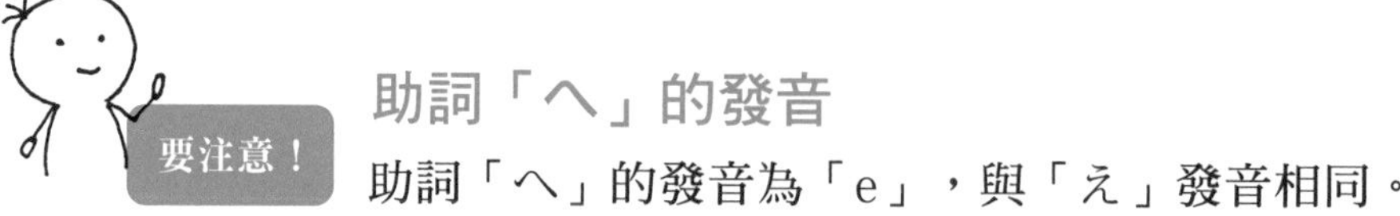

要注意！

助詞「へ」的發音

助詞「へ」的發音為「e」，與「え」發音相同。

助詞：「で」的用法 ②

❷ 電車(でんしゃ)で行(い)きます。　（（我）要搭電車去。）

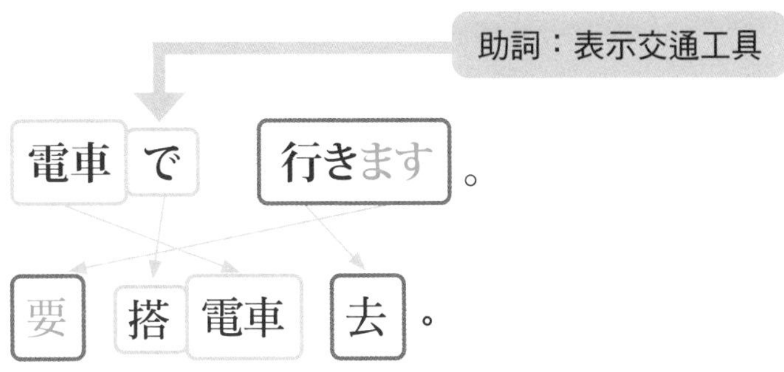
助詞：表示交通工具
電車
で
行きます
。
要
搭
電車
去
。

例文

● A：何(なん)で学校(がっこう)へ行(い)きますか。（（你）要搭什麼去學校呢？）
去學校

B：自転車(じてんしゃ)で行(い)きます。（（我）要騎自行車去。）
自行車

A：Cさんも自転車(じてんしゃ)で行(い)きますか。（C先生也要騎自行車去嗎？）

C：いいえ、私(わたし)は歩(ある)いて行(い)きます。（不是，我要走路去。）
走路

走路時因為沒有交通工具，不需要助詞「で」，用「歩(ある)いて」即可。

學習目標 14 「へ」和「で」的綜合造句

❸ 土曜日(どようび)に 私(わたし)は友達(ともだち)とタクシーで新宿(しんじゅく)へ行(い)きます。
（星期六我要和朋友搭計程車去新宿。）

土曜日に　私は　友達と　タクシーで　新宿へ　行きます。
↓　↓　↓　↓　↓
星期六　我 要 和朋友　搭計程車 去 新宿。

行有餘力再多學！　助詞與單字的搭配

日語語順除了動詞一定要放在句尾之外，只要助詞搭配正確，單字的順序滿自由的。例如這個句子，可以有不同的寫法：

- 土曜日に　私は　友達と　タクシーで　新宿へ　行きます。
（星期六　我要　和朋友　搭計程車去　新宿。）

＝私は　土曜日に　タクシーで　新宿へ　友達と　行きます。

＝土曜日に　私は　新宿へ　友達と　タクシーで　行きます。

主語、時間詞、動詞的順序

由前面的句子可以發現，主語「私（わたし）」和時間詞「土曜日（どようび）」通常會放在句子的最前面，但前後順序是可以自由調換的。另外，由於句中的動詞「行（い）きます」是「移動性動詞」，所以和動詞最有關係的目的地「新宿（しんじゅく）へ」，與動詞放在一起比較自然。

例文

- 明日（あした）、私（わたし）は友達（ともだち）とバスで学校（がっこう）へ行（い）きます。
  （バス：公車）
  （明天我要和朋友搭公車去學校。）

- 私（わたし）は今日（きょう）、一人（ひとり）で歩（ある）いてここへ来（き）ました。
  （我今天一個人走路來到這裡。）

- A：私（わたし）は来年（らいねん）友達（ともだち）と沖縄（おきなわ）へ旅行（りょこう）します。Bさんもいかがですか。
  （来年：明年；いかがですか：如何呢）

  B：いいですね。何（なん）で行（い）きますか。

  A：船（ふね）で行（い）きます。

  B：船（ふね）ですか…。船（ふね）はちょっと…。
  （船ですか…：是坐船啊…；ちょっと…：有點…）

  A：我明年要和朋友去沖繩旅行。B先生也一起來嗎？如何呢？
  B：好呀。要搭什麼去呢？
  A：要坐船去。
  B：是坐船啊…船的話就有點…。

04課 應用會話

陳(ちん)：明日(あした)、新宿(しんじゅく)へ行(い)きます。

田中(たなか)：どうやって行(い)きますか。

どうやって：怎麼做…

陳(ちん)：バスで*池袋駅(いけぶくろえき)へ行(い)きます。それから、電車(でんしゃ)で*新宿(しんじゅく)へ行(い)きます。

バス：公車=bus　それから：然後

田中(たなか)：新宿(しんじゅく)で何(なに)をしますか。

何をしますか：做什麼呢？

陳(ちん)：友達(ともだち)と食事(しょくじ)します。

田中(たなか)：そうですか。楽(たの)しみですね。

楽しみですね：很期待對吧

中譯

陳：我明天要去新宿。
田中：你要怎麼去呢？
陳：我要搭公車去池袋車站。然後要搭電車去新宿。
田中：你要在新宿做什麼呢？
陳：我要和朋友吃飯。
田中：這樣子啊。你很期待對吧？

陳：あ、佐藤さん、こっちこっち。
這邊這邊。「こっち」是「こちら（這裡）」的口語說法

佐藤：お待たせしました*。待ちましたか。
讓你久等了　你等很久了嗎？

陳：いえ、そんなに*。
不，沒有那麼…

佐藤：陳さん、こちらは高橋さんです。

高橋：はじめまして。高橋です。佐藤さんの友達です。

陳：こんにちは。陳です。台湾から来ました。よろしくお願いします。
您好

高橋：こちらこそ。じゃ、レストランへ行きましょう。
彼此彼此　餐廳 = restaurant

中譯

陳：啊，佐藤先生，這邊這邊。
佐藤：讓你久等了。你等很久了嗎？
陳：不，沒有等很久。
佐藤：陳小姐，這位是高橋先生。
高橋：初次見面，我是高橋。我是佐藤先生的朋友。
陳：您好，我姓陳。我來自台灣，請多多關照。
高橋：彼此彼此。那麼，我們去餐廳吧。

（這邊、這邊！）

＊表示交通工具的助詞「で」，翻譯時可根據交通工具的不同彈性翻譯，例如：

バスで（搭公車）　オートバイで（騎摩托車）　車で（開車）

＊「お待たせしました」（讓您久等了）是遲到時表示歉意的謙讓用語。此外，餐廳服務生上菜時，也會這樣說。

お待たせしました。
ウェイター
（服務生）
（讓您久等了。）
お客さん
（顧客）

＊「いえ、そんなに」後面省略了「待ちませんでした（沒有等）」。「そんなに（那麼…、那樣…）」的後面是「否定表現」時，表示「沒有那麼…、沒有那樣…」。

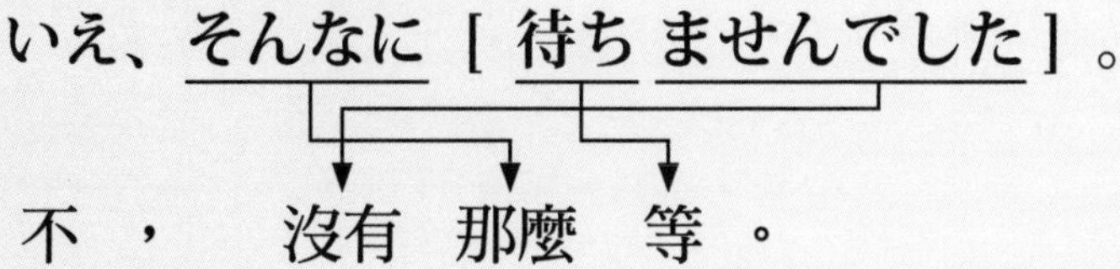
いえ、そんなに［待ち ませんでした］。
不，　沒有 那麼　等　。

筆記頁

空白一頁，讓你記錄學習心得，也讓下一頁的「關連語句」，能以跨頁呈現，方便於對照閱讀。

がんばってください。

（請加油！）

04課 關連語句

回答搭乘的交通工具

A：どうやって金閣寺（きんかくじ）へ行（い）きますか。

B：電車（でんしゃ）とバスで行（い）きます。

A：你要怎麼去金閣寺呢？
B：我要搭電車和公車去。

詢問如何前往

A：どうやってここへ来（き）ましたか。

B：歩（ある）いて来（き）ました。
走路

A：你怎麼來到這裡的呢？
B：我走路來的。

詢問要和誰一起去醫院

A：誰（だれ）と病院（びょういん）へ行（い）きますか。
醫院

B：一人（ひとり）で行（い）きます。
一個人

A：你要和誰去醫院呢？
B：我要一個人去。

提醒對方旅途小心

A：来月（らいげつ）の18日（じゅうはちにち）に国（くに）へ帰（かえ）ります。
下個月

B：そうですか、お気（き）をつけて。
請小心

A：我下個月的18號（的時候）要回國。
B：這樣子啊，請小心。

詢問要去日本的時間

A：いつ日本(にほん)へ行(い)きますか。

いつ：什麼時候

B：８月(はちがつ)に行(い)きます。

A：你什麼時候要去日本呢？
B：我 8 月（的時候）要去。

詢問對方的生日

A：誕生日(たんじょうび)はいつですか。

誕生日：生日

B：７月１２日(しちがつじゅうににち)です。

A：你的生日是什麼時候呢？
B：7 月 12 號。

第05課

休(やす)みの日(ひ)は何(なに)をしますか。　假日會做什麼呢？

本課單字

語調	發音	漢字・外來語	意義
3	かきま⏋す	書きます	寫
3	よみま⏋す	読みます	讀
2	みま⏋す	見ます	看
3	たべま⏋す	食べます	吃
4	やすみま⏋す	休みます	休息
7	かいもの[を]しま⏋す	買い物[を]します	買東西
2	すご⏋い		厲害、了不起
0	てがみ	手紙	信件
1	え⏋いが	映画	電影
1	パ⏋ン	pão	麵包
2	たま⏋ご	卵	雞蛋
0	やさい	野菜	蔬菜
0	さかな	魚	魚
2	にく⏋	肉	肉
0	ひ	日	日子
0	しゅうまつ	週末	週末
0	しょうせつ	小説	小說
1	ミ⏋ステリー	mystery	推理
5	れんあいしょ⏋うせつ	恋愛小説	戀愛小說
0	[お] かいけい	[お]会計	結帳
1	い⏋つも		總是
1	よ⏋く		經常
0	ときどき	時々	有時候
0	あまり		不常…（後面接續否定表現）

語調	發音	漢字・外來語	意義
0	ぜんぜん	全然	完全不…（後面接續否定表現）
3	やっぱ˥り		仍然、還是
3	ゆっく˥り		好好地
1	そ˥ろそろ		差不多…了
0	へえ		欸（驚訝、感動時發出的聲音）
1	な˥に	何	什麼

招呼用語 ＊發音有較多起伏，請聆聽 MP3

發音	意義
いえいえ	不、不；哪裡哪裡

表現文型 ＊發音有較多起伏，請聆聽 MP3

發音	意義
どうしますか	要怎麼做
別々(べつべつ)にお願(ねが)いします	請分開

05課 學習目標 15 助詞：「を」的用法 ①

❶ 今晩（こんばん）、手紙（てがみ）を書（か）きます。（今晚，（我）要寫信。）

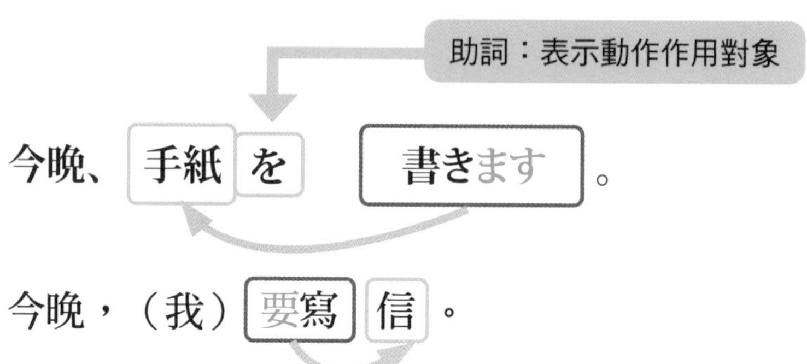

助詞：表示動作作用對象
今晩、手紙を 書きます。
今晚，（我）要寫 信。

例文

● 明日（あした）、友達（ともだち）と映画（えいが）を見（み）ます。
映画：電影
（明天（我）要和朋友看電影。）

● 昼（ひる）、パンと卵（たまご）を食（た）べます。
と：和。表示並列關係的助詞「と」，類似英文的 and
（中午（我）要吃麵包和雞蛋。）

● 一緒（いっしょ）に日本語（にほんご）を勉強（べんきょう）しませんか。
一緒に：一起
（要不要一起學習日文呢？）

筆記頁

空白一頁，讓你記錄學習心得，也讓下一頁的「學習目標」，能以跨頁呈現，方便於對照閱讀。

がんばってください。

（請加油！）

學習目標 16 動詞：否定形

❷ 明日(あした)は働(はたら)きません。（明天（我）不要工作。）

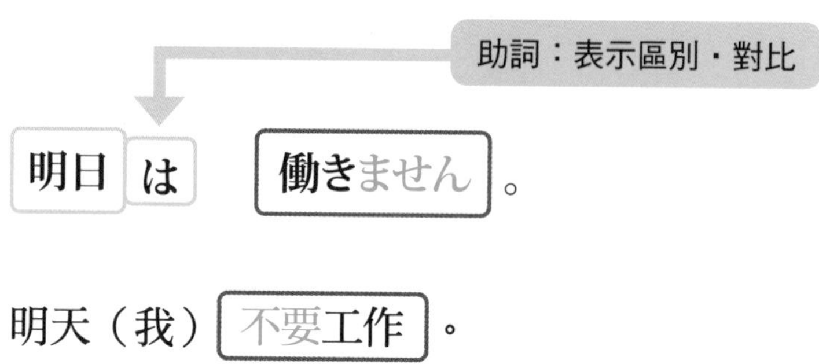

明天（我）不要工作。

例文

● 私(わたし)は野菜(やさい)と魚(さかな)を食(た)べます。肉(にく)は食(た)べません。
（我吃蔬菜和魚。肉的話則不吃。）

● A：週末(しゅうまつ)、何(なに)をしますか。（（你）週末要做什麼呢？）
要做什麼呢

B：土曜日(どようび)は友達(ともだち)と食事(しょくじ)をします。（（我）星期六要和朋友吃飯。）
星期六

日曜日(にちようび)は働(はたら)きます。（星期天的話則要工作。）

● A：今晩(こんばん)、何(なに)を食(た)べますか。（（你）今晚要吃什麼呢？）
什麼

B：私(わたし)は何(なに)も食(た)べません。（我什麼也不要吃。）
什麼也…。疑問詞＋も＋否定表現，用來強調全面否定，表示「什麼也不…」。

＊此句的 は 表示主語（動作主）

助詞「は」的用法② （用法①請參考P018）

在「**明日（あした）は働（はたら）きません**」這個句子中，省略了主語「私（わたし）は」。「明日（あした）は」的「は」則是表示「區別・對比」的助詞「は」，並非表示主語的助詞「は」。

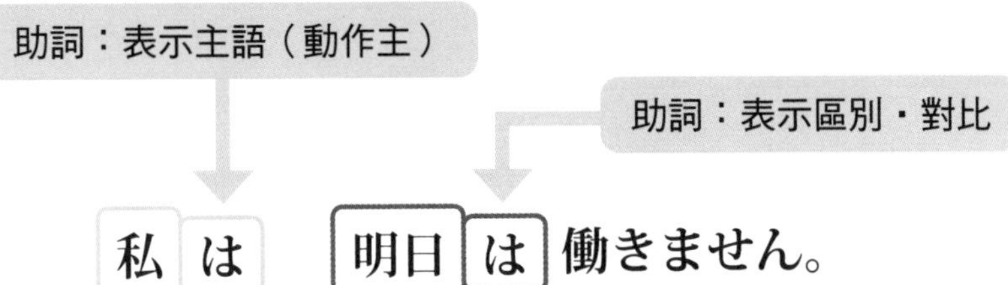

由於「は」是表示「區別・對比」的意思，所以如果「明日（あした）」後面沒有「は」，句意則會有所不同：

私（わたし）は　明日（あした）、　働（はたら）きません。　（我明天不要工作。）

私（わたし）は　明日（あした）は　働（はたら）きません。　（我明天不要工作。）

● **「明日（あした）」後面沒有「は」：**

單純說明「明天不要工作」，其他天會不會工作則不一定。

● **「明日（あした）」後面有「は」：**

強調「明天」不要工作，並暗示其他天會工作。

05課 學習目標 17 動詞：過去形

❸ 昨日（きのう）、映画（えいが）を見（み）ました。（昨天（我）看了電影。）

例文

● A：昨日（きのう）何（なに）をしましたか*。

B：友達（ともだち）と食事（しょくじ）しました。それから日本語（にほんご）を勉強（べんきょう）しました。

それから：然後

A：（你）昨天做了什麼呢？

B：（我）和朋友吃了飯，然後學了日文。

● A：昨日（きのう）の夜（よる）、何（なに）を食（た）べましたか。

B：私（わたし）は何（なに）も食（た）べませんでした。

食べませんでした：沒有吃

A：（你）昨天晚上吃了什麼呢？

B：我什麼也沒有吃。

動詞過去形是「～ました」，要詢問過去或以前做了什麼，要在「ました」後面加上表示疑問的助詞「か」。

學習目標 18 副詞的用法

❹ 昨日(きのう)はゆっくり休(やす)みました。（昨天（我）好好地休息了。）

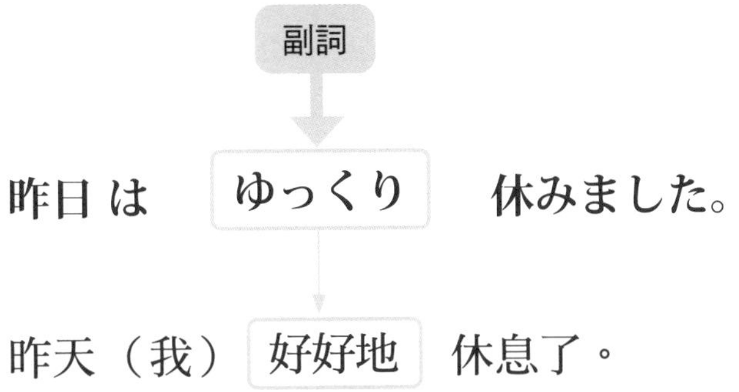

例文

● A：よく図書館(としょかん)へ行(い)きますか。

B：いいえ、全然(ぜんぜん)行(い)きません。

完全不去。「全然」後面接續否定表現為「完全不…」的意思

C：私(わたし)は時々(ときどき)行(い)きます。

A：（你）常常去圖書館嗎？
B：不，（我）完全不去。
C：我有時候會去。

副詞的用法與時態

副詞是針對動詞或形容詞加以說明、修飾的詞語，副詞本身沒有否定形也沒有過去形。

應用會話

（レストランで）

さとう　ちん　きのうなに
佐藤：陳さん、昨日何をしましたか。

ちん　にほんご　べんきょう
陳：日本語を勉強しました。

たなか　やす　ひ　なに
田中：じゃあ、休みの日は何をしますか。
休みの日：假日

ちん　にほんご　べんきょう
陳：やっぱり日本語を勉強します。
やっぱり：還是

たなか　べんきょう
田中：へえ、すごいですね。いつも勉強ですか。
すごいですね：真了不起耶
いつも：總是

さとう　たなか　なに
佐藤：田中さんは何をしますか。

たなか　わたし　ともだち　えいが　み　ときどき　か　もの
田中：私はよく友達と映画を見ます。それから時々デパートで買い物をします。
デパート：百貨公司

ちん　さとう
陳：佐藤さんは？

さとう　わたし　で　いえ　しょうせつ　よ
佐藤：私はあまり出かけません*。家で小説を読みます。
あまり出かけません：不常出門
家で：在家裡

陳(ちん)：恋愛小説(れんあいしょうせつ)ですか。

佐藤(さとう)：いえいえ、ミステリーです。貴志佑介(きしゆうすけ)の小説(しょうせつ)を読(よ)みます。

ミステリー：推理小說

佐藤(さとう)：13時(いちじ)ですね。じゃ、そろそろ行(い)きましょう。

そろそろ行きましょう：差不多該走了吧。「そろそろ」的後面接續「～ましょう」，表示「差不多該…了吧」。

田中(たなか)：すみません、会計(かいけい)、お願(ねが)いします*。

会計、お願いします：麻煩請幫我結帳

店員(てんいん)：はい、お会計(かいけい)はどうしますか。

お会計：「お」為接頭辭，表達說話者的敬意

佐藤(さとう)：別々(べつべつ)にお願(ねが)いします。

別々に：分開

中譯

（在餐廳）

佐藤：陳小姐，你昨天做了什麼呢？

陳：我唸了日文。

田中：那麼，你假日會做什麼呢？

陳：還是唸日文。

田中：欸，真了不起耶。總是唸書啊！

佐藤：田中小姐會做什麼呢？

田中：我經常和朋友看電影。然後，有時候會在百貨公司買東西。

陳：佐藤先生呢？

佐藤：我不常出門，我會在家看小說。

陳：是戀愛小說嗎？

佐藤：不是不是，是推理小說。我會看貴志佑介的小說。

佐藤：下午一點了耶。那麼，我們差不多該走了吧。

田中：不好意思，麻煩請幫我們結帳。

店員：好的，你們要如何結帳呢？

佐藤：請分開結帳。

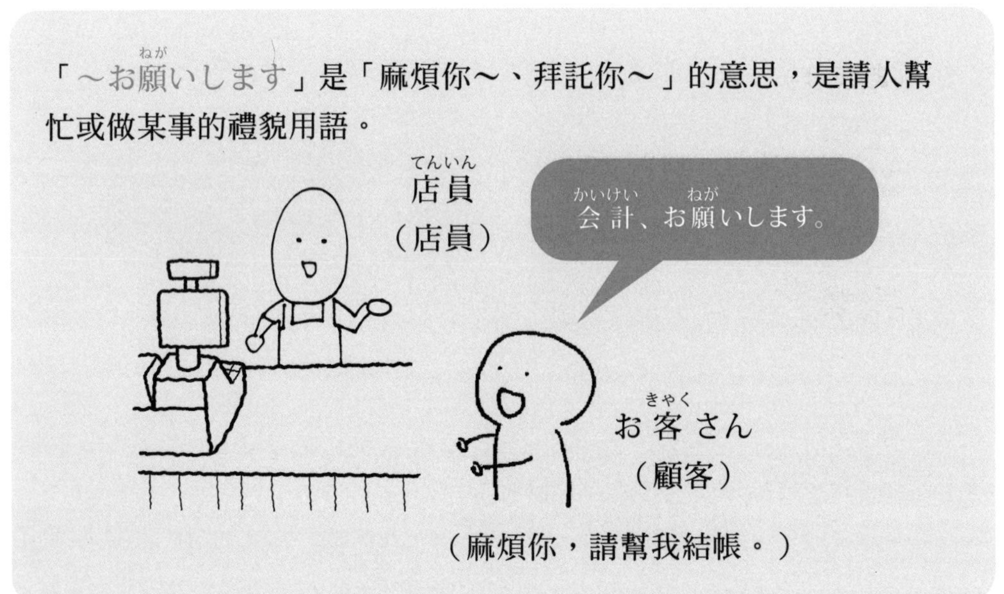

「～お願いします」是「麻煩你～、拜託你～」的意思，是請人幫忙或做某事的禮貌用語。
店員（てんいん）
（店員）
会計（かいけい）、お願（ねが）いします。
お客（きゃく）さん
（顧客）
（麻煩你，請幫我結帳。）

頻率副詞

「あまり」、「いつも」、「よく」、「時々」、「全然」是本課中用來表達動作頻率的「副詞」。其中「あまり」和「全然」後面要接續否定表現。

● 「いつも」（總是）：

週末（しゅうまつ）はいつも図書館（としょかん）へ行（い）きます。（週末總是去圖書館。）

● 「よく」（經常）：

週末（しゅうまつ）はよく図書館（としょかん）へ行（い）きます。（週末經常去圖書館。）

● 「時々（ときどき）」（有時候）：

週末（しゅうまつ）時々（ときどき）図書館（としょかん）へ行（い）きます。（週末有時候會去圖書館。）

● 「あまり」＋否定表現（不常）

週末（しゅうまつ）あまり図書館（としょかん）へ行（い）き ません 。（週末不常去圖書館。）

● 「全然（ぜんぜん）」＋否定表現（完全不）：

週末（しゅうまつ）全然（ぜんぜん）図書館（としょかん）へ行（い）き ません 。（週末完全不去圖書館。）

05課 關連語句

詢問明天的計劃

A：明日(あした)、何(なに)をしますか。

B：友達(ともだち)に会(あ)います。

　　に：表示「接觸點」的助詞

> A：你明天要做什麼呢？
> B：我要和朋友見面。

說明做了哪些事情

> A：你昨天做了什麼呢？
> B：我在百貨公司買了東西，然後看了電影。

A：昨日(きのう)、何(なに)をしましたか。

B：デパートで買(か)い物(もの)しました。それから、映画(えいが)を見(み)ました。

　　買い物しました：買了東西　映画を見ました：看了電影

詢問去圖書館的頻率

A：よく図書館(としょかん)へ行(い)きますか。

B：いいえ、全然(ぜんぜん)行(い)きません。

> A：你經常去圖書館嗎？
> B：不，我完全不去。

詢問昨天吃了哪些東西

A：昨日(きのう)何(なに)を食(た)べましたか。

B：何(なに)も食(た)べませんでした。

　　何も：什麼也

> A：你昨天吃了什麼呢？
> B：我什麼也沒有吃。

詢問週末的計劃

A：週末（しゅうまつ）、何（なに）をしますか。

B：土曜日（どようび）は図書館（としょかん）へ行（い）きます。日曜日（にちようび）はどこも行（い）きません。

哪裡也不去

A：你週末要做什麼呢？

B：我星期六要去圖書館。星期天則哪裡也不去。

第06課

すき焼（や）きを食（た）べたいです。　（我）想吃壽喜燒。

本課單字

語調	發音	漢字・外來語	意義
3	すきます	空きます	空
4	でかけます	出かけます	外出
2	ひろい	広い	寬廣的
2	さむい	寒い	寒冷的
2	あつい	暑い	熱的
4	あたたかい	暖かい	溫暖的
3	おいしい	美味しい（＊這個字多半用假名表示，較少用漢字）	好吃的
2	たかい	高い	貴的
2	やすい	安い	便宜的
2	あまい	甘い	甜的
3	しょっぱい		鹹的
2	からい	辛い	辣的
5	うらやましい		羨慕
4	ちょうどいい		剛剛好
4	おもしろい	面白い	有趣的
1	きれい	綺麗（＊這個字多半用假名表示，較少用漢字）	漂亮的
2	にぎやか	賑やか（＊這個字多半用假名表示，較少用漢字）	熱鬧的
1	しずか	静か	安靜的
1	べんり	便利	方便的
1	いま	今	現在
2	まち	街	城鎮
0	ところ	所	地方
0	ざっし	雑誌	雜誌

語調	發音	漢字・外來語	意義
1	じしょ	辞書	字典
0	もの	物	東西
1	こきょう	故郷	故鄉
0	おなか	お腹	肚子
3	ひるごはん	昼ご飯	午餐
0/2	なつ／ふゆ	夏／冬	夏天／冬天
1	やちん	家賃	房租
0	すきやき	すき焼き	壽喜燒
1	チャーハン		炒飯
1	ラーメン		拉麵
3	なっとう	納豆	納豆
3	なべりょうり	鍋料理	火鍋料理
0	とても		非常
1	ちょっと		稍微、有點
1	とくに	特に	尤其
2	つぎの	次の	下次、下一個
0	こんな		這樣的、這麼
0	そして		然後
1/1	どう／どんな		如何、怎樣／什麼樣的
★	～が		雖然、可是
★	～なあ		～啊！（表示感嘆）
3	ほっかいどう	北海道	北海道
0	とうきょう	東京	東京
0	おおさか	大阪	大阪
1	きょうと	京都	京都
1	かんこく	韓国	韓國
1	タイ		泰國

表現文型

＊發音有較多起伏，請聆聽 MP3

發音	意義
おなかが空（す）きました	肚子餓了
～と思（おも）いますけど	覺得…
そう言（い）えば	這麼說的話…

06課 學習目標 19 な形容詞用法

❶ この街(まち)はにぎやかです。　（這個城市很熱鬧。）

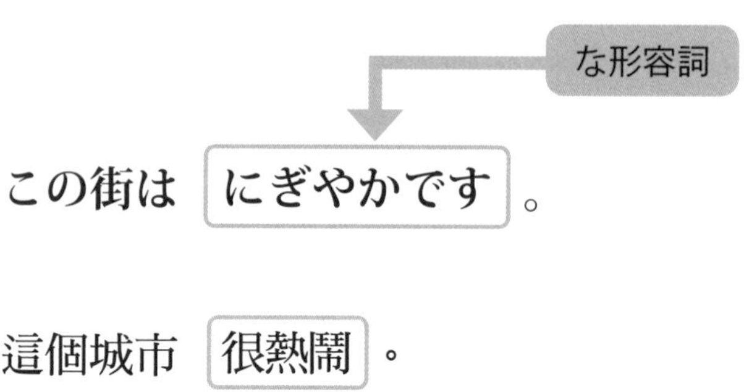

な形容詞
この街は にぎやかです 。
這個城市 很熱鬧 。

例文

● A：東京(とうきょう)はとてもにぎやかですね。大阪(おおさか)はどんな所(ところ)ですか。
（とても：非常　どんな：什麼樣的）

B：大阪(おおさか)もにぎやかな所(ところ)ですよ。
（も：也　よ：表示提醒）

A：京都(きょうと)はどうですか。
（どうですか：怎麼樣呢）

B：京都(きょうと)は静(しず)かです。

A：東京非常熱鬧喔。大阪是什麼樣的地方呢？
B：大阪也是熱鬧的地方喔。
A：京都怎麼樣呢？
B：京都很安靜。

「な形容詞」的特徵

形容詞是形容狀態、樣態的詞語。日語的形容詞有兩種，一種是「な形容詞」，一種則是「い形容詞」。

「な形容詞」有四種形態，分別為「現在肯定形」「現在否定形」「過去肯定形」「過去否定形」。下方先以「にぎやか（熱鬧）」為例說明「現在肯定形」和「現在否定形」：

にぎやか	肯定形	否定形
現在形	～です にぎやかです （熱鬧）	～じゃありません にぎやかじゃありません （不熱鬧）

「な形容詞」在時態變化和名詞一樣。與名詞不同的地方在於後面接續另外一個名詞的方式：

- **「名詞」接續「名詞」：**

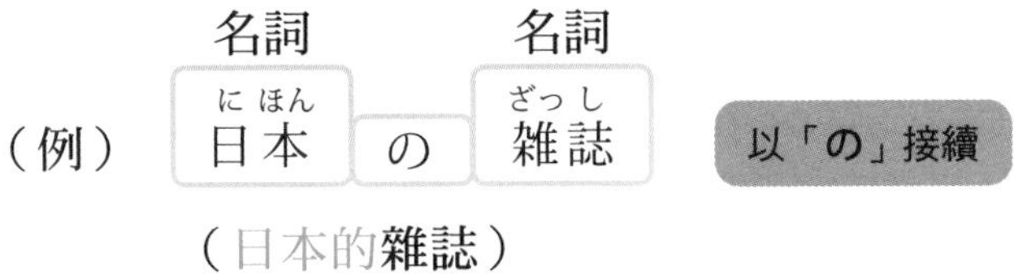

（日本的雜誌）

- **「な形容詞」接續「名詞」：**

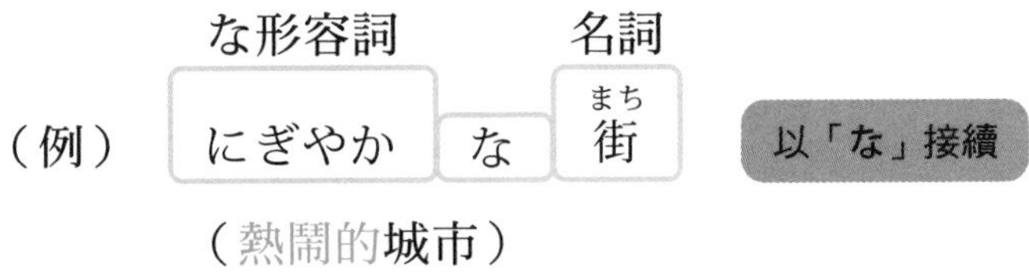

（熱鬧的城市）

學習目標 20 い形容詞用法

❷ 今日（きょう）は寒（さむ）いです。（今天很冷。）

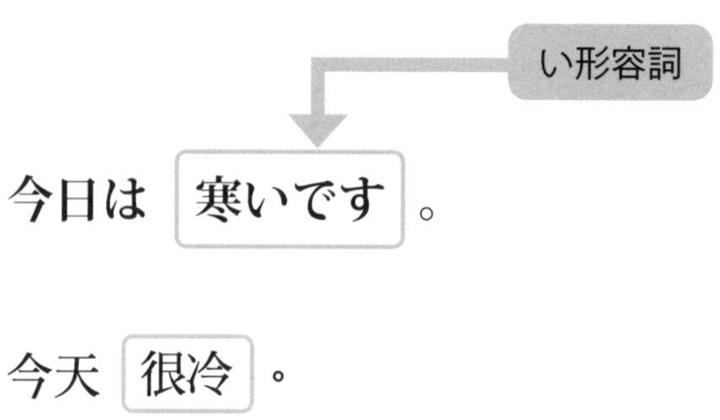
い形容詞
今日は 寒いです 。
今天 很冷 。

例文

● この料理（りょうり）は辛（から）いです。（這道料理很辣。）

● A：日本（にほん）は今（いま）、暖（あたた）かいです。タイはどうですか。
（今：現在；タイ：泰國）

B：タイはとても暑（あつ）いです。

A：日本現在很溫暖。泰國怎麼樣呢？
B：泰國非常炎熱。

● 昨日（きのう）、おもしろい映画（えいが）を見（み）ました。（昨天看了有趣的電影。）
（映画：電影）

一定要會的！

「い形容詞」的特徵

「い形容詞」的特徵是以「い」結尾。

「い形容詞」有四種形態，分別為「現在肯定形」「現在否定形」「過去肯定形」「過去否定形」。下方先以「寒(さむ)い（寒冷）」為例說明「現在肯定形」和「現在否定形」：

寒(さむ)い	肯定形	否定形
現在形	～いです 寒(さむ)いです （冷）	～くないです 寒(さむ)くないです （不冷）

「い形容詞」接續名詞的方式如下：

い形容詞	名詞	
寒(さむ)い	天気(てんき)	（寒冷的天氣）

中文「～的～」，用日語該如何表達？

中文常見「～的～」這種說法，例如：

- 「我的書」（表示所有）
- 「好吃的食物」、「漂亮的女生」（形容詞修飾名詞）

很多人會誤以為在日語表達中，這些「的」都等於「の」，其實日語會依據前方所接續詞性而有所不同。

	錯誤用法	正確用法	
名詞 の 名詞		私(わたし)の本(ほん)	我的書
な形容詞 な 名詞	きれいの風景(ふうけい)	きれいな風景(ふうけい)	漂亮的風景
い形容詞 名詞	大(おお)きいの会社(かいしゃ)	大(おお)きい会社(かいしゃ)	大的公司

會出現這種錯誤，是因為中文都用「的」的關係

學習目標 21 希望：「～たい」的用法

❸ すき焼(や)きを食(た)べたいです。（（我）想要吃壽喜燒。）

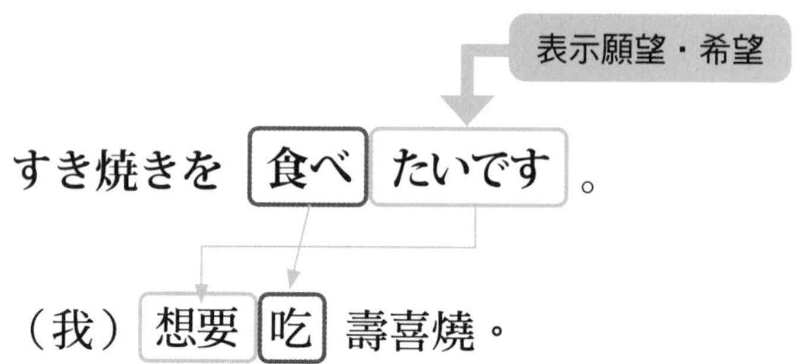

例文

● 日本(にほん)へ行(い)きたいです。
（（我）想要去日本。）

● A：今(いま)、何(なに)を食(た)べたいですか。

B：甘(あま)い物(もの)を食(た)べたいです。
甜的東西

A：（你）現在想要吃什麼呢？
B：（我）想要吃甜的東西。

● 私(わたし)は納豆(なっとう)は食(た)べたくないです。
納豆

（我不想要吃納豆。）

表達「願望・希望」的用法

去掉動詞的「ます」部分，再接續「たいです」，就可以變成「想要做～」這種表示「願望・希望」的用法。

希望：「～たい」的時態變化

從上述說明可以知道將動詞去掉「ます」再接續「たいです」，即可表達「願望・希望」。例如「食(た)べます（吃）」原本是動詞，要表達「想要吃」時，就會變成「食(た)べたいです」。但是變成「～たいです」之後，在時態變化上就不能和動詞的時態變化一樣，而是要和「い形容詞」一樣的變化方式。

下方先以「食(た)べたいです（想要吃）」為例說明「現在肯定形」和「現在否定形」：

食(た)べたいです	肯定形	否定形
現在形	～たいです 食(た)べたいです （想要吃）	～たくないです 食(た)べたくないです （不想要吃）

06課 應用會話

陳：今日は寒いですね。

表示「要求同意」的助詞

田中：そうですね*。陳さんの故郷も冬は寒いですか。

對呀

陳：いいえ、あまり寒くないです。

不太冷

田中：いいですね。うらやましいなあ。

好羨慕啊。「なあ」表示感嘆

陳：でも、夏はとても暑いですよ。

不過

田中：陳さんの故郷はどんな所ですか*。

什麼樣的地方呢？

陳：にぎやかです。そして便利な街です。

而且

田中：どんな食べ物を食べますか。

陳：そうですね*。チャーハンをよく食べます。おいしいですよ。

這個嘛

そして、とても安いです。

田中：そうですか。じゃ、陳さん、日本料理はどうですか*。

怎麼樣？

陳：おいしいですが、ちょっとしょっぱいですね。

雖然、可是。「が」是接續助詞，用於連接兩個對立的句子。

特に日本のラーメンはとてもしょっぱいですよ。

尤其

田中（たなか）：へえ、私（わたし）はちょうどいいと思（おも）いますけど*。

覺得剛剛好

陳（ちん）：そう言（い）えば、おなかが空（す）きました。昼（ひる）ご飯（はん）を食（た）べませんか。

說到這個　肚子餓了

田中（たなか）：そうですね。じゃあ、何（なに）を食（た）べたいですか。

陳（ちん）：こんな寒（さむ）い日（ひ）は鍋料理（なべりょうり）を食（た）べたいですね。

這麼冷的日子

田中（たなか）：そうですね。じゃ、出（で）かけましょう。

中譯

陳：今天很冷耶。
田中：對呀！陳小姐的故鄉冬天也是很寒冷嗎？
陳：不，不太冷。
田中：真好啊。好羨慕啊。
陳：不過夏天非常炎熱喔。
田中：陳小姐的故鄉是什麼樣的地方呢？
陳：很熱鬧，而且很方便的城鎮。
田中：（平常）吃什麼樣的食物呢？
陳：這個嘛，我經常吃炒飯。很好吃喔，而且非常便宜。
田中：這樣子啊。那麼，陳小姐覺得日本料理怎麼樣呢？
陳：很好吃，可是有點鹹耶。尤其日本的拉麵非常鹹耶。
田中：欸！我覺得剛剛好。
陳：說到這個，我肚子餓了。我們要不要去吃午飯呢？
田中：好啊。那麼，你想吃什麼呢？
陳：這麼冷的日子，我想吃火鍋料理耶。
田中：好啊，那麼，我們出門吧。

＊「そうですね」的兩種用法：

1. 認同對方意見，類似中文的「對呀」、「好啊」。
2. 對方提問時，考慮如何回答時的用語，類似中文的「嗯…這個嘛…」。

＊ ～はどんな所(ところ)ですか。（～是什麼樣的地方呢？）

台北(タイペイ)はどんな所(ところ)ですか。（台北是什麼樣的地方呢？）
「どんな」的後面一定要接續名詞。

「～はどうですか。」是詢問別人對於人、事、物的看法。例如想要詢問對方覺得拉麵好不好吃時，可以這樣說：

Q ……はどうですか。
A うん、……です。
そのラーメンはどうですか。
うん、とてもおいしいです。

（你覺得那碗拉麵怎麼樣？）　（嗯，很好吃。）

＊「～と思(おも)いますけど。」是表達自己的看法、想法的用語。助詞「と」在此是表示「思考的內容」，所以前面要放入自己的想法。而句尾的「けど」表示說話說到一半省略後面想說的，表達一種委婉的語氣。

筆記頁

空白一頁，讓你記錄學習心得，也讓下一頁的「關連語句」，能以跨頁呈現，方便於對照閱讀。

がんばってください。

（請加油！）

06課 關連語句

詢問對韓國料理的看法

A：韓国料理（かんこくりょうり）はどうですか。

B：おいしいですが、辛（から）いです。

A：你覺得韓國料理怎麼樣呢？
B：很好吃，可是很辣。

說明北海道的樣貌

A：北海道（ほっかいどう）はどんな所（ところ）ですか。

B：広（ひろ）いです。そして静（しず）かな所（ところ）です。

広い：寬廣的　そして：而且

A：北海道是什麼樣的地方呢？
B：很寬廣，而且很安靜的地方。

詢問日本的房租貴不貴

A：日本（にほん）の家賃（やちん）は高（たか）いですか。

家賃：房租

B：はい、とても高（たか）いです。

A：日本的房租貴嗎？
B：是的，非常貴。

表達對字典的評價

A：その辞書（じしょ）はいいですか。

辞書：字典

B：いいえ、あまりよくないです。

あまりよくないです：不是很好

A：那本字典好嗎？
B：不，不是很好。

說明假日的計劃

A：次の休み（つぎ・やす）は、何（なに）をしますか。

次の：下一個

B：何（なに）もしたくないです。ゆっくり寝（ね）たいです。

したくないです：不想做　ゆっくり：好好地

A：下一個假日，你要做什麼呢？
B：我什麼也不想做，我想好好地睡覺。

第07課

この近(ちか)くに銀行(ぎんこう)がありますか。　這附近有銀行嗎？

本課單字

語調	發音	漢字・外來語	意義
4	わかります	分ります	知道
3	あります	有ります	有…（物品）
4	ございます		有…（あります的禮貌說法）
2	います	居ます	有…（人或動物）
4	つかれます	疲れます	疲勞
2	ふるい	古い	舊的
3	さびしい	寂しい	寂寞的
3	おかしい	可笑しい	奇怪的
2	すき	好き	喜歡
2	へや	部屋	房間
0	つくえ	机	桌子
1	かぞく	家族	家人
0	こども	子供	小孩
2	いぬ	犬	狗
0	ふんすい	噴水	噴泉
3	おてら	お寺	寺廟
1	じんじゃ	神社	神社
3	かいぎしつ	会議室	會議室
0	にんき	人気	人氣
0	せんす	扇子	扇子
3	ストラップ	strap	吊飾
1	ノート	note	筆記本
1	ドラマ	drama	戲劇
1	アニメ	animation	卡通

語調	發音	漢字・外來語	意義
3	きょうか˥しょ	教科書	教科書
1	ち˥ず	地図	地圖
0	じかん	時間	時間
0	おかね	お金	錢
0	ようじ	用事	事情
0	こいびと	恋人	情人
0	うえ	上	上面
4	ちゅうかりょ˥うり	中華料理	中華料理
0	わふう	和風	和風
4	さくらも˥よう	桜模様	櫻花花紋
5	からくさも˥よう	唐草模様	蔓草花紋
0	こうさてん	交差点	十字路口
3	おおど˥おり	大通り	大馬路
2	すこ˥し	少し	一點點
0	だいたい		大致上
1	ぜ˥んぶ	全部	全部
0	えーっと		嗯…這個嘛…
1	ど˥うして		為什麼
1	せ˥んそうじ	浅草寺	淺草寺
1	～た˥ち		～們
0	～とおり	～通り	～路
0	～メートル	～m	～公尺
1	～か˥ら		從～

招呼用語

＊發音有較多起伏，請聆聽 MP3

發音	意義
どうも	謝謝
かしこまりました	我了解了

表現文型

＊發音有較多起伏，請聆聽 MP3

發音	意義
右(みぎ)へ曲(ま)がってください	請往右轉

學習目標 22 助詞：「が」的用法

❶ 私（わたし）は日本語（にほんご）が少（すこ）しわかります。（我懂一點點日語。）

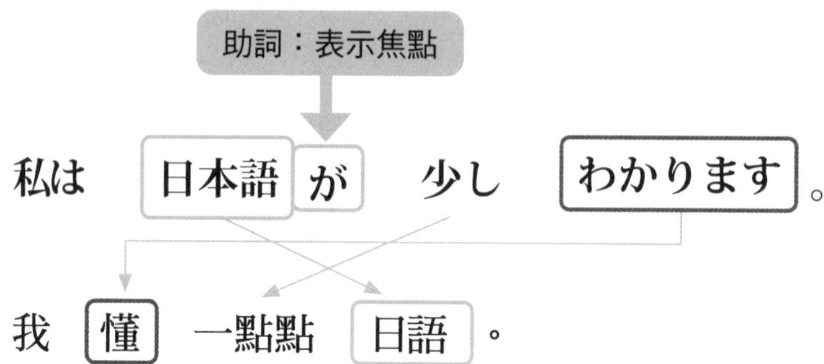
助詞：表示焦點
私は
日本語
が
少し
わかります
。
我
懂
一點點
日語
。

例文

● A：中国語（ちゅうごくご）がわかりますか。（（你）懂中文嗎？）
中文

B：はい、少（すこ）しわかります。（是的，（我）懂一點點。）
一點點

● 私（わたし）はお金（かね）が全然（ぜんぜん）ありません。（我完全沒有錢。）
完全

● A：どんな料理（りょうり）が好（す）きですか。（（你）喜歡什麼樣的料理？）
什麼樣的

B：中華料理（ちゅうかりょうり）が好（す）きです。（（我）喜歡中華料理。）

比較：助詞「が」和「を」

● 助詞「を」＋ 有具體動作的動詞

助詞「を」的功能是表示「動作作用對象」，所以後面要接「有具體動作的動詞」。例如「勉強(べんきょう)します」（學習、唸書），會有翻書、聽講…之類的具體動作。這樣的動詞，就需要用表示「動作作用對象」的「を」：

日本語(にほんご) を 勉強(べんきょう)します。（（我）要學日語。）

表示：動作作用對象

● 助詞「が」＋ 狀態動詞

有些動詞沒有具體動作，就像「わかります」（懂），這種沒有具體動作的動詞在日語中被稱為「狀態動詞」。

因為「わかります」是「狀態動詞」，沒有具體動作，所以就不能使用表示「動作作用對象」的助詞「を」，而要用「表示焦點」的助詞「が」：

日本語(にほんご) が わかります。（（我）懂日語。）

表示：焦點

助詞「が」表示「わかります」這個動詞的焦點是「日本語(にほんご)」，表示懂的焦點是「日語」。

理由的說法

❷ 時間（じかん）がありませんから、タクシーで行（い）きます。
（因為沒有時間，（所以）要搭計程車去。）

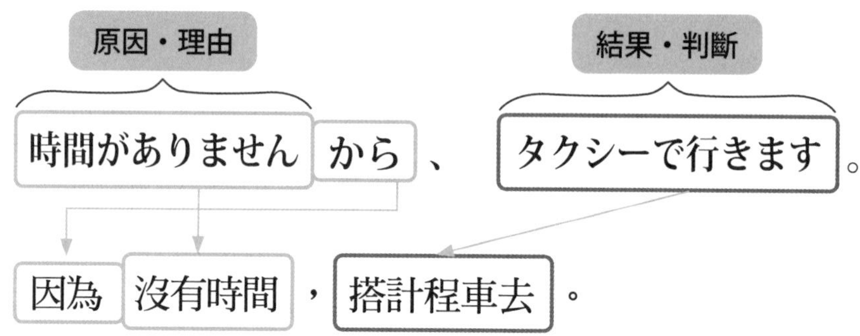

例文

- お金（かね）がありませんから、どこも行（い）きたくないです。
（因為沒有錢，所以（我）哪裡也不想要去。）

- 日本（にほん）のアニメ（卡通）が好（す）きですから、日本語（にほんご）を勉強（べんきょう）します。
（因為（我）喜歡日本的卡通，所以要學習日文。）

- A：どうして（為什麼）昨日（きのう）、学校（がっこう）へ来（き）ませんでしたか。
B：疲（つか）れましたから。
A：為什麼（你）昨天沒有來學校呢？
B：因為（我）很累。

筆記頁

空白一頁，讓你記錄學習心得，也讓下一頁的「學習目標」，能以跨頁呈現，方便於對照閱讀。

がんばってください。

（請加油！）

學習目標 24 存在文⑴：助詞「に」的用法②

❸ 机(つくえ)の上(うえ)にりんごがあります。（桌上有蘋果。）

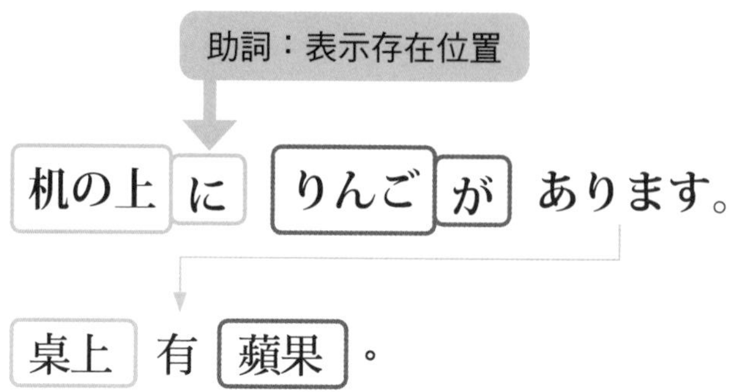

例文

● A：部屋(へや)に誰(だれ)がいますか。（房間裡有誰呢？）
部屋：房間

B：田中(たなか)さんがいます。（有田中先生。）

● 机(つくえ)の上(うえ)に何(なに)もありません。（桌上什麼東西也沒有。）
何も：什麼也

● A：京都(きょうと)に何(なに)がありますか。（京都有什麼呢？）

B：古(ふる)いお寺(てら)や神社(じんじゃ)があります。（有古老的寺廟啊、神社等等。）
お寺：寺廟

「あります」是狀態動詞，所以前方的助詞要用表示焦點的「が」。

表示存在的動詞

日文表示存在的動詞有兩個，一個是「あります」，一個是「います」。

- **あります：用於不會自己移動的，例如：東西、植物**

（例）　公園（こうえん）に噴水（ふんすい）があります。（公園裡有噴水池。）

- **います：用於會自己移動的，例如：人、動物**

（例）　公園（こうえん）に子供（こども）がいます。（公園裡有小孩。）

比較：助詞「と」和「や」

助詞「と」和「や」是說明複數事物所使用的助詞，其差異如下：

- と：

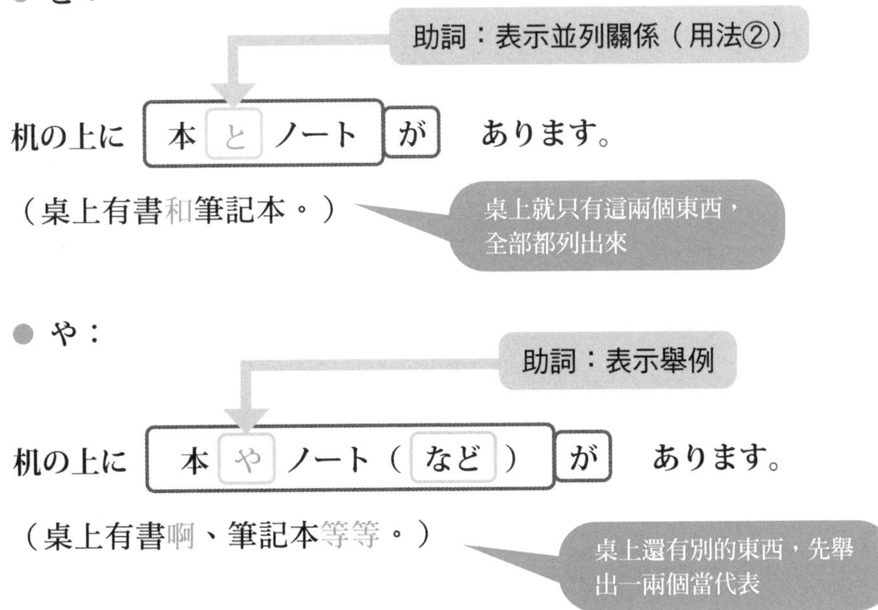

助詞：表示並列關係（用法②）
机の上に　本　と　ノート　が　あります。
（桌上有書和筆記本。）
桌上就只有這兩個東西，
全部都列出來
● や：
助詞：表示舉例
机の上に　本　や　ノート（　など　）　が　あります。
（桌上有書啊、筆記本等等。）
桌上還有別的東西，先舉
出一兩個當代表

●「など」可以省略，是「等等、之類」的意思。

學習目標 25 存在文 (2)

❹ りんごは机(つくえ)の上(うえ)にあります。（蘋果在桌上。）

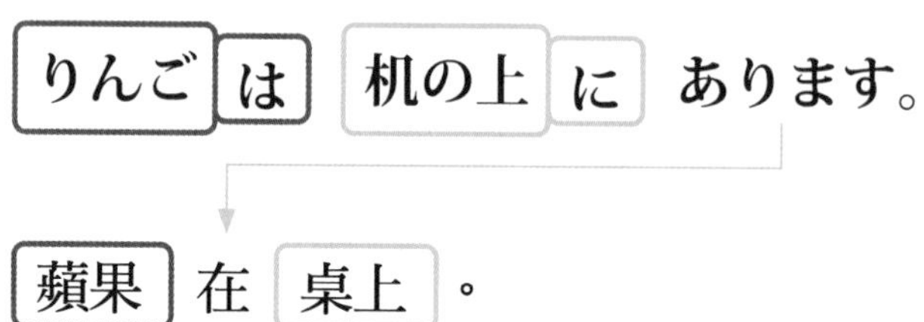

例文

● A：山田(やまだ)さんはどこにいますか。（山田先生在哪裡呢？）

B：会議室(かいぎしつ)にいます。（在會議室。）

● A：家族(かぞく)はどこにいますか。（（你的）家人在哪裡呢？）

家族：家人

B：台湾(たいわん)にいます。（在台灣。）

● A：トイレはどこにありますか。（廁所在哪裡呢？）

B：2階(にかい)です。（在2樓。）

2階：2樓

存在文 (1) 和 (2) 的差異

机（つくえ）の上（うえ） に **りんご** が あります。

（桌上有蘋果。）

(There is an apple on the table.)

- 這是我發現桌上有蘋果，然後我把這件事告訴對方，要轉達的是整個部分。
- 對方聽到這句話之前，並不知道蘋果的存在。
- 這句話的焦點是「蘋果」。

りんご は **机（つくえ）の上（うえ）** に あります。

（蘋果在桌上。）

(The apple is on the table.)

- 這個是假設對方問我：昨天買的蘋果在哪裡？我回答：那個蘋果在桌上。要轉達的是「地點」。
- 對方聽到這句話之前，已經知道有蘋果存在。
- 這句話的焦點是「地點」。

應用會話

陳（ちん）：（あれ？ おかしいなあ…。浅草寺（せんそうじ）は…？）

表達自我感覺的語氣

Excuse me. May I ask you something?

通行人（つうこうにん）：はい？*

什麼？

陳（ちん）：I'm looking for ....

通行人（つうこうにん）：すみません、英語（えいご）が全然（ぜんぜん）わかりません。

完全不懂

あなたは日本語（にほんご）がわかりますか。

陳（ちん）：あ、はい…。少（すこ）しわかります。あの、浅草寺（せんそうじ）はどこにありますか*。

那個…　淺草寺在哪裡呢？

通行人（つうこうにん）：浅草寺（せんそうじ）ですか。あそこに交差点（こうさてん）がありますね。

十字路口

あの大通（おおどお）りは雷門通（かみなりもんどお）りです。浅草寺（せんそうじ）は雷門通（かみなりもんどお）りにあります。

大馬路

陳（ちん）：すみません。この地図（ちず）で私（わたし）たちはどこにいますか。

在這個地圖上

通行人（つうこうにん）：ええっと…。あ、ここです。今（いま）、ここにいますから、

嗯…這個嘛…。說話者思考如何回應時的用語

雷門通（かみなりもんどお）りで右（みぎ）へ曲（ま）がってください*。

請往右轉

１００ｍ（ひゃくメートル）ぐらいですよ。

大約

陳（ちん）：ああ、わかりました。どうも。

謝謝

（仲見世で）
（なかみせ）

店員（てんいん）：いらっしゃいませ。

陳（ちん）：すみません。和風（わふう）のストラップがありますか。
ストラップ：吊飾

店員（てんいん）：はい、こちらにございます。
こちらにございます：在這裡。「ございます」是「あります」的禮貌用法

桜模様（さくらもよう）や唐草模様（からくさもよう）が人気（にんき）がありますよ。
桜模様：櫻花花紋　唐草模様：蔓草花紋　人気があります：受歡迎

陳（ちん）：桜模様（さくらもよう）のはいくらですか。

店員（てんいん）：全部（ぜんぶ）、一つ（ひと）３５０円（さんびゃくごじゅうえん）です。
一つ：一個

陳（ちん）：そうですか、じゃあ桜模様（さくらもよう）のをください。それから、この扇子（せんす）もください。
そうですか：這樣子啊　をください：請給我

店員（てんいん）：かしこまりました。全部（ぜんぶ）で８５０円（はっぴゃくごじゅうえん）です。
かしこまりました：我了解了。對顧客說的禮貌用法　全部で：全部總共

中譯

陳：（唉呀，好奇怪呀…淺草寺是？）Excuse me. May I ask you something?

路人：什麼？

陳：I'm looking for ....

路人：對不起，我完全不懂英文，你懂日文嗎？

陳：啊…是的，我懂一點點日文。那個，請問淺草寺在哪裡呢？

路人：淺草寺嗎？那邊有個十字路口對吧？那條大馬路就是雷門大道。淺草寺在雷門大道上。

陳：不好意思，在這個地圖上，我們在哪裡呢？

路人：嗯…這個嘛…啊，在這裡。因為現在在這裡，所以請在雷門大道往右轉。大約 100 公尺喔。

陳：啊，我知道了，謝謝你。

（在神社、寺廟附近的商店街）

店員：歡迎光臨。

陳：不好意思，請問有和風的吊飾嗎？

店員：有的，在這裡。櫻花花紋啊、蔓草花紋等都很受歡迎唷。

陳：櫻花花紋的是多少錢呢？

店員：全部都是一個 350 日圓。

陳：這樣子啊，那麼，請給我櫻花花紋的。然後，也請給我這把扇子。

店員：我了解了。全部一共是 850 日圓。

＊はい？ ↗（語調上揚）

「はい」的語調上揚是表示「你說什麼？」的「疑問語氣」。

＊はい。 ↘（語調下降）

「はい」的語調下降是表示「是的、對」的「肯定語氣」。

A：（地名）はどこにありますか。（～在哪裡呢？）

B：（地名）は（路名）にあります。（～在某條路上。）

這是問路時的慣用日語應答：

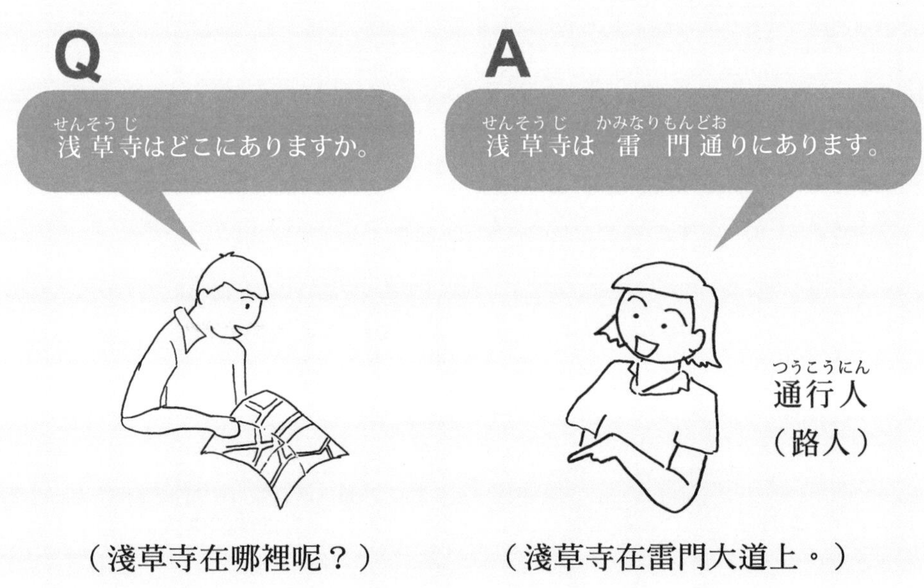

Q
浅草寺(せんそうじ)はどこにありますか。
A
浅草寺(せんそうじ)は雷門(かみなりもん)通(どお)りにあります。
通行人(つうこうにん)
（路人）

（淺草寺在哪裡呢？）　（淺草寺在雷門大道上。）

＊ ～へ曲(ま)がってください。（請往～轉彎。）

左(ひだり)へ曲(ま)がってください。（請往左轉。）

07課 關連語句

詢問英文能力

A：英語(えいご)がわかりますか。

B：はい、だいたいわかります。

A：すごいですね。私(わたし)は全然(ぜんぜん)わかりません。

A：你懂英文嗎？
B：嗯，大致上了解。
A：真厲害耶，我完全不懂。

詢問學日文的原因

A：どうして日本語(にほんご)を勉強(べんきょう)しますか。

B：日本(にほん)のドラマが好(す)きですから。

ドラマ：戲劇

A：你為什麼要學日文呢？
B：因為我喜歡日本的戲劇。

詢問誰在房間裡

A：部屋(へや)に誰(だれ)がいますか。

B：誰(だれ)もいません。犬(いぬ)がいます。

犬：狗

A：房間裡有誰呢？
B：什麼人也沒有，有狗。

說明桌上有哪些東西

A：桌子的上面有什麼呢？
B：有個人電腦啊、教科書等東西。

A：机(つくえ)の上(うえ)に何(なに)がありますか。

B：パソコンや教科書(きょうかしょ)[など]があります。

パソコン：個人電腦　など：等等

婉拒對方的邀請

A：水曜日（すいようび）、一緒（いっしょ）に映画（えいが）を見（み）ませんか。
星期三

B：すみません、水曜日（すいようび）は用事（ようじ）がありますから…。
有事情

A：星期三要不要一起看電影呢？
B：不好意思，因為星期三有事情…。

表達自己單身

A：私（わたし）は恋人（こいびと）がいません。
情人

B：そうですか。寂（さび）しいですね。
寂寞

A：我沒有情人。
B：這樣子啊。很寂寞對吧？

第08課

旅行（りょこう）のお土産（みやげ）です。　旅行時買的土産

本課單字

語調	發音	漢字・外來語	意義
3	かけます		打（電話）
3	あげます		給予
4	もらいます	貰います	得到
3	くれます		給（我）
4	おしえます	教えます	教
4	ならいます	習います	學習
3	かります	借ります	借入
3	かします	貸します	借出
4	おくります	送ります	贈送
4	ちがいます	違います	不同
1	いい	良い	好的
3	かわいい	可愛い	可愛的
1	だいすき	大好き	最喜歡
1	はは	母	媽媽
1	ちち	父	爸爸
1	あに	兄	哥哥
1	ぼく	僕	我（男性稱呼自己的用語）
0	おみやげ	お土産	土產、紀念品
2	プレゼント	present	禮物
3	かがみ	鏡	鏡子
0	とけい	時計	時鐘
0	シーディー	compact disc	CD
1	ファックス	FAX	傳真
1	カード	card	卡片

語調	發音	漢字・外來語	意義
0	ボールペン	ballpoint pen	原子筆
3	もうす˥ぐ		快要
1	も˥う		已經
1	ま˥だ		尚未
2	じつ˥は	実は	其實
1	あ˥れ？（字尾語調提高）		哎呀

08課 學習目標 26 副詞：「もう」的用法

❶ もう晩(ばん)ご飯(はん)を食(た)べましたか。（已經吃了晚飯嗎？）

もう　晩ご飯を　食べました　か。

已經　吃了　晚飯　嗎？

例文

● A：もうあの映画(えいが)を見(み)ましたか。

B：いいえ、まだです(還沒)。明日(あした)友達(ともだち)と見(み)ます。

A：（你）已經看了那部電影嗎？
B：不，還沒。（我）明天要和朋友去看。

● A：もう21時(くじ)ですよ。帰(かえ)りませんか。

B：そうですね、帰(かえ)りましょう。

A：已經晚上九點囉。要不要回去了？
B：是啊，我們回去吧。

● A：一緒(いっしょ)に昼(ひる)ご飯(はん)を食(た)べませんか。

B：すみません、昼(ひる)ご飯(はん)はもう食(た)べました…。

A：要不要一起吃中飯呢？
B：不好意思，已經吃了中飯。

副詞「もう」和「まだ」的用法

「もう」（已經）是表示「事態已經變化」的副詞。
「まだ」（還沒、尚未）是表示「事態尚未變化」的副詞。

● 「もう」和「まだ」的對話

A：もう晩(ばん)ご飯(はん)を食(た)べましたか。（（你）已經吃了晚飯嗎？）

B：はい、もう食(た)べました。（是的，（我）已經吃了。）

C：いいえ、まだです。（不，還沒（吃）。）

副詞「もう」不一定是搭配過去形

副詞「もう」表示：由前面的狀態，變成後面的狀態，除了會搭配「過去形」，也會搭配「現在形」。例如下面這句話：

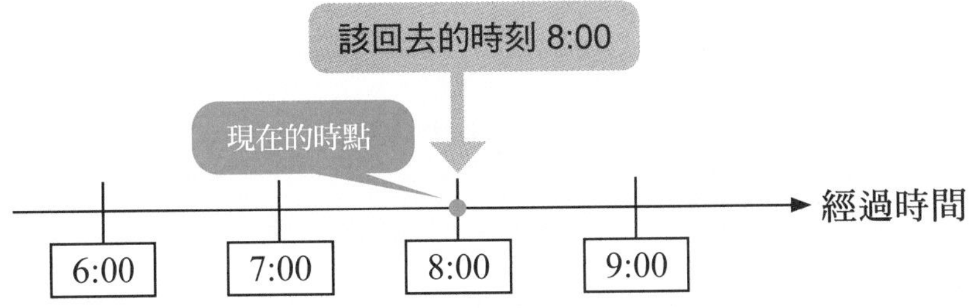

8時(はちじ)ですね。じゃ、もう帰(かえ)ります。
（八點了耶，那麼，我已經該回去了。）

● 由前面的狀態（還不用回去），變成後面的狀態（要回去），這時候要用「もう」。而且因為意思是「我現在已經該回去了」，所以要說「もう帰ります」，要用「ます形」，不能用過去形「ました」。

08課 學習目標 27 助詞：「に」的用法 ③

❷ 私は友達に電話をかけました。
（我打了電話給朋友。）

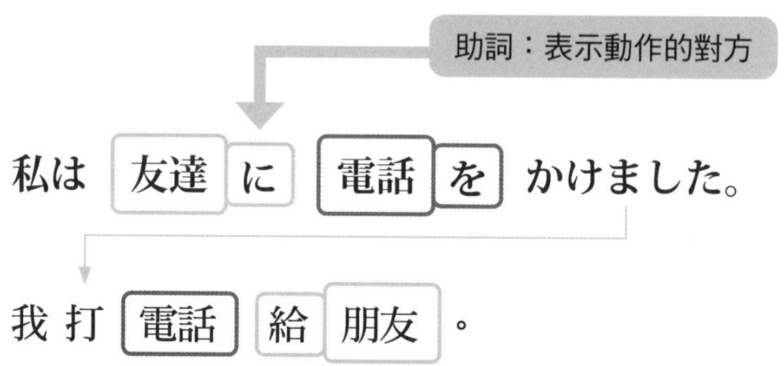

例文

● 友達にＣＤを貸しました。
貸しました：借出

（（我）借了CD給朋友。）

● 私の友達は山田さんに中国語を教えました。
（我的朋友對山田先生教中文。）

● 私はＦＡＸで会社にレポートを送りました。
ＦＡＸで：用傳真的方式
レポート：報告

（我用傳真的方式傳送報告給公司。）

日語「雙賓動詞」的用法：

有些動作（動詞）在進行時，會有「兩個目的語」：一個是「動作的直接作用對象」，一個則是「動作的對方」。這樣的動詞稱為「雙賓動詞」。

目的語　目的語　雙賓動詞

動作主 は 動作對方 に 動作作用對象 を 動作。

例如「我要打電話給朋友」：
「電話」是「動作的直接作用對象」，「朋友」是「動作的對方」。

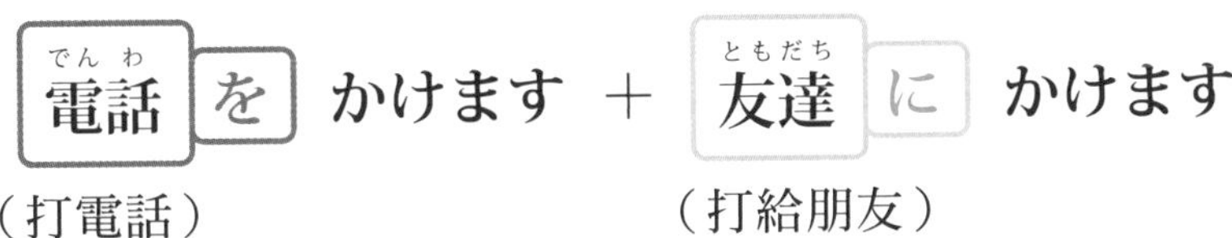

（打電話）　（打給朋友）

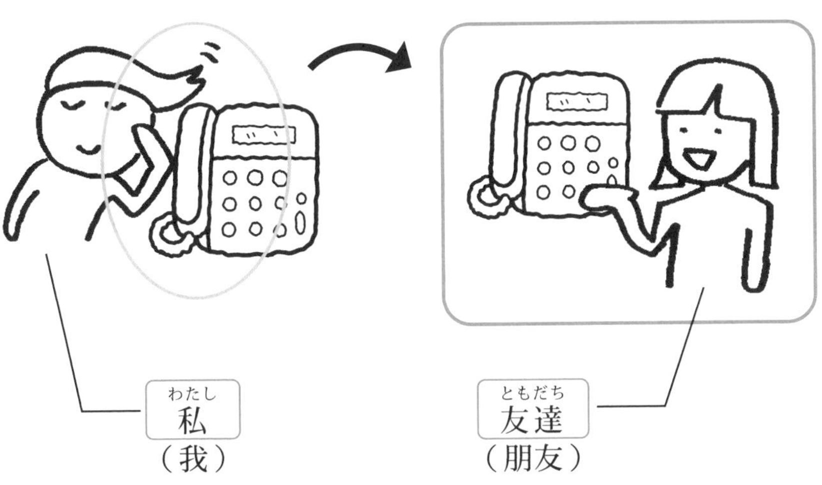

動作的對方　動作的直接作用對象

⇒ 私（わたし）は 友達（ともだち）に 電話（でんわ）を かけます。
（我要打電話給朋友。）

授受表現

❸ 私（わたし）は母（はは）にカードをあげました。（我送卡片給媽媽。）

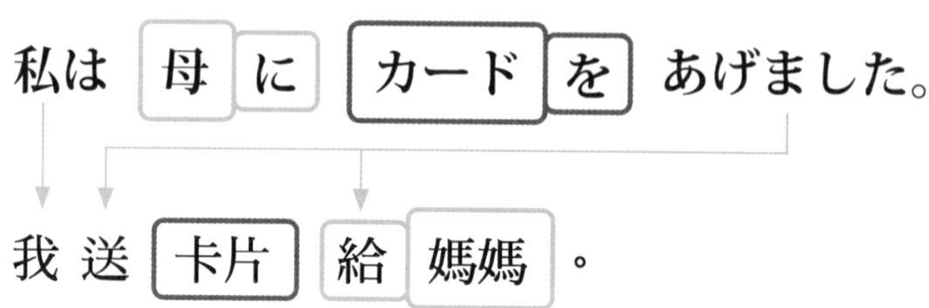

例文

- 私（わたし）は父（ちち）にネクタイ（領帶）をあげます。（我要送領帶給爸爸。）
- 私（わたし）は友達（ともだち）にカード（卡片）をもらいました。（我從朋友那裡得到了卡片。）
- 友達（ともだち）は私（わたし）にカードをくれました。（朋友送給我卡片。）

以上例文都是使用「兩個目的語」的動詞文型：

動作主＋は＋動作的對方＋に＋動作作用對象＋を＋あげます
動作主＋は＋動作的對方＋に＋動作作用對象＋を＋もらいます
動作主＋は＋動作的對方＋に＋動作作用對象＋を＋くれます

「あげます（送出）」、「もらいます（得到）」、「くれます（給；別人給我）」都是給予東西、獲得東西的動詞，稱為「授受動詞」。

基本的授受動詞

日語中有很多授受動詞，下方介紹基本的授受動詞：

<あげます>

給

<もらいます>

得到

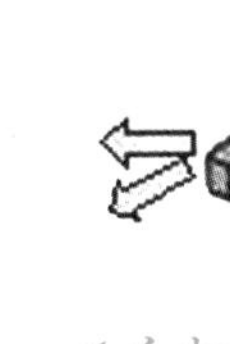

<くれます>

給（別人給我時）

C (旁觀者)

A (給予者) →本(ほん)→→ B (接受者)

可否	說話者	動作主	對方	對象	動作主的動作	中譯
OK！	A說：	私は	Bに	本を	あげます。	我送給B一本書。
NG！	B說：	Aは	私に	本を	あげます。	A送給我一本書。
OK！	C說：	Aは	Bに	本を	あげます。	A送給B一本書。
NG！	A說：	Bは	私に	本を	もらいます。	B從我這裡得到一本書。
OK！	B說：	私は	Aに	本を	もらいます。	我從A那裡得到一本書。
OK！	C說：	Bは	Aに	本を	もらいます。	B從A那裡得到一本書。
NG！	A說：	私は	Bに	本を	くれます。	我送給B一本書。
OK！	B說：	Aは	私に	本を	くれます。	A送給我一本書。
＊註1	C說：	Aは	Bに	本を	くれます。	A送給B一本書。

※註1「くれます」原則上只用於「別人給自己」的情況，但如果接受者「B」是說話者「C」的自己人，則可將「B」和「C」視為一體，所以可以使用「くれます」。

以上要注意的是：

1. 要清楚動作主和對方的關係，才能運用正確的授受動詞。
2. 描述任何授受關係時，必須是謙遜有禮貌的。

08課 應用會話

陳：王さん、これ、お土産です。
土産

王：え*、僕に？ ありがとう*。何ですか。
欸！ 謝謝

陳：ストラップです。浅草寺で買いました。王さんはもう浅草寺へ行きましたか。

王：まだです。行きたいなあ*。あれ？ それも僕に？
好想去喔

陳：はっは。違いますよ。この扇子は母にあげます。
もうすぐ*母の日ですから。王さんはお母さんに何をあげますか。
馬上

王：僕は母にお金をあげます。母はお金が大好きですから。
最喜歡

陳：はっは。それもいいですね。

中譯

陳：王先生，這個是給你的土產。
王：欸！要給我的？ 謝謝。是什麼東西呢？
陳：是吊飾。我在淺草寺買的。王先生已經去過淺草寺了嗎？
王：還沒去過。我好想去喔。唉呀，那個也是要給我的嗎？
陳：哈哈，不是喔。這把扇子是要給我媽媽的。因為馬上就是母親節了。
王先生要送什麼給媽媽呢？
王：我要送錢給媽媽。因為我媽媽最喜歡錢了。
陳：哈哈，那樣也不錯耶。

陳：高橋(たかはし)さん、もうすぐ誕生日(たんじょうび)ですね。これ、高橋(たかはし)さんにあげます。

高橋：わあ、ありがとうございます*。あ、可愛(かわい)いストラップですね。

わあ：哇！「わあ」是表達「驚訝、高興」的語氣
ありがとうございます：謝謝你

陳：日本(にほん)では誕生日(たんじょうび)にどんなプレゼントをあげますか。

どんな：什麼樣的

高橋：何(なん)でもいいですよ。でも、男性(だんせい)にネクタイや女性(じょせい)に鏡(かがみ)はあまり良(よ)くないです。

何でも：任何東西
でも：不過
あまり良くないです：不太恰當

陳：え*？どうしてですか。

え：咦？
どうしてですか：為什麼呢？

高橋：うーん、実(じつ)は私(わたし)もわかりません。

実は：其實

中譯

陳：高橋先生，馬上就是你的生日對吧？這個，是要送給高橋先生的。

高橋：哇！謝謝你。啊，是很可愛的吊飾耶。

陳：在日本，生日（的時候）會送什麼樣的禮物呢？

高橋：任何東西都可以喔。不過，送領帶給男生啦、送鏡子給女生是不太恰當的。

陳：咦？為什麼呢？

高橋：嗯…，其實我也不清楚。

＊「え」是表示驚訝或疑問的語氣。

え、すごい。
（欸！好厲害！）
え？どうして？
（咦？為什麼？）

＊「動詞たい形＋なあ」是一種描述自我想法的語氣，用來表達「想要做…、希望做…」。例如突然很想吃蛋糕時，就可以說：

ケーキを食（た）べたいなあ。
（我好想吃蛋糕喔！）

＊「ありがとう」和「ありがとうございます」都是表達謝意的用語。「ありがとう」通常是對同輩或後輩所說的，而「ありがとうございます」則是對長輩、前輩或尊敬的人所使用的較有禮貌的說法。

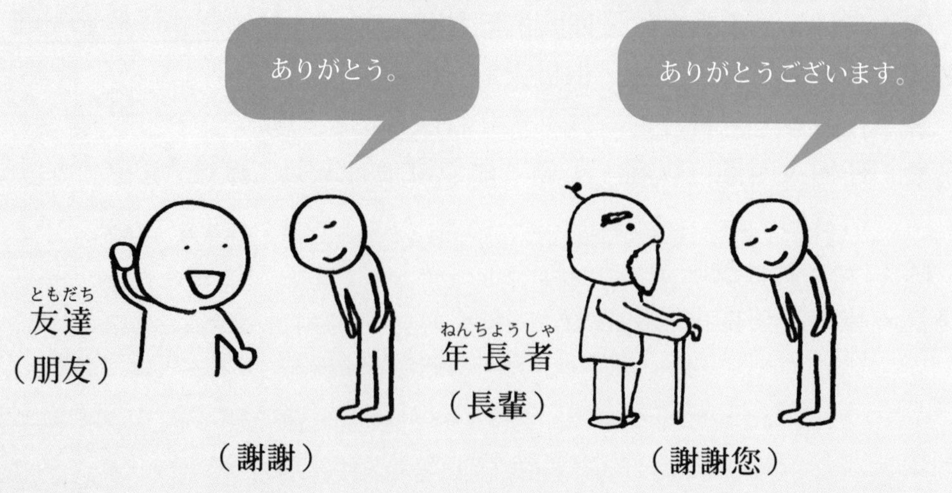

筆記頁

空白一頁，讓你記錄學習心得，也讓下一頁的「關連語句」，能以跨頁呈現，方便於對照閱讀。

がんばってください。

（請加油！）

08課 關連語句

詢問是否吃過晚餐

A：もう晩(ばん)ご飯(はん)を食(た)べましたか。

晩餐

B：いいえ、まだです。これから食(た)べます。

現在

A：你已經吃了晚飯嗎？
B：不，我還沒吃。現在要吃。

詢問父親節要送什麼禮物

A：父(ちち)の日(ひ)にお父(とう)さんに何(なに)をあげますか。

父親節

B：カードをあげます。それから、父(ちち)に電話(でんわ)をかけます。

A：父親節（的時候），你要送什麼東西給爸爸呢？
B：我要送卡片，然後要打電話給爸爸。

說明時鐘是哥哥給的

A：その時計(とけい)、誰(だれ)にもらいましたか。

B：兄(あに)にもらいました。

A：那個時鐘，你是從誰那裡得到的呢？
B：從哥哥那裡得到的。

說明生日收到女友送的禮物

A：誕生日(たんじょうび)に彼女(かのじょ)はボールペンをくれました。

原子筆

B：いいですね。私(わたし)は何(なに)ももらいませんでした。

什麼也…

A：生日（的時候），女朋友送我原子筆。
B：不錯耶！我什麼也沒有收到。

詢問CD是跟誰借的

A：誰（だれ）にそのＣ　Ｄ（シーディー）を借（か）りましたか。

從誰那裡

B：安倍（あべ）さんに借（か）りました。

A：你從誰那裡借到那張CD的呢？

B：我從安倍先生那裡借來的。

表達願意教對方中文

A：私（わたし）は中国語（ちゅうごくご）を習（なら）いたいです。

想學習

B：じゃあ、私（わたし）があなたに教（おし）えましょう。

A：我想要學中文。

B：那麼，我來教（給）你吧。

第09課

注文（ちゅうもん）はお決（き）まりですか。　決定好要點什麼了嗎？

本課單字

語調	發音	漢字・外來語	意義
3	とりま⌉す	撮ります	拍攝
0	しゃしん	写真	照片
1	み⌉かん	蜜柑	橘子
0	えいご	英語	英文
0	さいふ	財布	錢包
3	のみも⌉の	飲み物	飲料
3	コーヒ⌉ー	coffee	咖啡
2	[お]せ⌉き	[お]席	座位
1	メ⌉ニュー	menu	菜單
0	[ご]ちゅうもん	[ご]注文	點餐
1	ア⌉イス	ice	冰
1	ホ⌉ット	hot	熱
2	Aラ⌉ンチ	A lunch	A餐
7	ミートソースパ⌉スタ	meat sauce pasta	肉醬義大利麵
9	わふうハンバーグセ⌉ット	和風＋hambug＋set	和風漢堡排套餐
1	い⌉まから	今から	現在開始
1	しょ⌉うしょう	少々	稍微
0	えっと		嗯…這個嘛
1	な⌉んめいさま	何名様	幾個人
1	～か⌉い	～回	～次
0	～じかん	～時間	～小時
0	～しゅうかん	～週間	～周
★	～つ		～個

語調	發音	漢字・外來語	意義
1	～ま̅い	～枚	～張
0	ぎんざ	銀座	銀座

表現文型 ＊發音有較多起伏，請聆聽 MP3

發音	意義
～へどうぞ	請往～
ご注文（ちゅうもん）はお決（き）まりですか	決定好要點什麼了嗎？
どちらになさいますか。	您要選擇哪一種呢？
少々（しょうしょう）お待（ま）ち下（くだ）さい	請稍候一下

學習目標 29 量詞的用法

❶ りんごを三(みっ)つ買(か)いました。（（我）買了三個蘋果。）

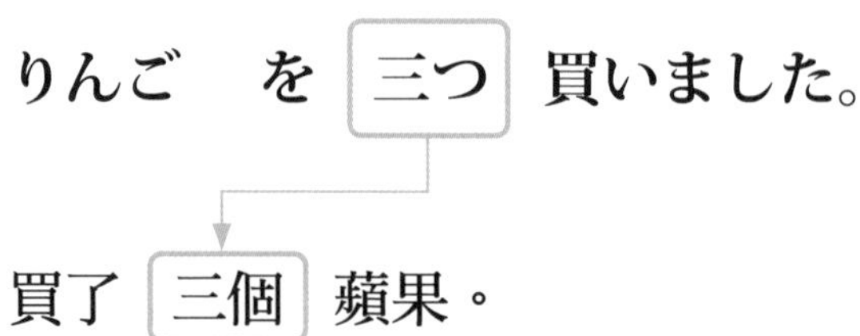
りんご を 三つ 買いました。
買了 三個 蘋果。

例文

- 写真(しゃしん)を3枚(さんまい)撮(と)りました。（（我）照了三張照片。）
- みかんを8(やっ)つ食(た)べました。（（我）吃了八顆橘子。）
- A：レポートを何枚(なんまい)書(か)きましたか。
  （何枚：幾張）
  B：10枚(じゅうまい)書(か)きました。

  A：（你）寫了幾張報告呢？
  B：（我）寫了十張。

要注意！

量詞的位置

量詞要放在動詞前面（盡量不要與動詞離太遠）。
「常用量詞單位」請參考P134

量詞的發音原則

促音變化：

如果量詞的開頭發音是「か行」「さ行」「た行」「は行」，例如：

〜回（かい）（か行）、〜歳（さい）（さ行）、〜着（ちゃく）（た行）、〜分（ふん）（は行）

當這類量詞前面搭配數字 1、6、8、10 時，就會產生促音變化。

1 +	か行、	さ行、	た行、	は行		1（いち → いっ）
6 +	か行、	——、	——、	は行	數字發音	6（ろく → ろっ）
8 +	か行、	さ行、	た行、	は行	就變促音	8（はち → はっ）
10 +	か行、	さ行、	た行、	は行		10（じゅう →じゅっ）

注意：は行 的量詞搭配數字 1、6、8、10 時，除了會產生促音變化之外，還會從原本的發音「は（ha）」變成「ぱ（pa）」。

音訓區別：

如果量詞是音讀（源自中文發音），數字「1」要唸「いち」，數字「2」要唸「に」。

（例）1枚（いちまい）、2枚（にまい）、3枚（さんまい）／1回（いっかい）、2回（にかい）、3回（さんかい）／
1年（いちねん）、2年（にねん）、3年（さんねん）／1番（いちばん）、2番（にばん）、3番（さんばん）

如果量詞是訓讀（日式傳統發音），數字「1」要唸「ひと」，數字「2」要唸「ふた」。

（例）1粒（ひとつぶ）、2粒（ふたつぶ）、3粒（さんつぶ）／1束（ひとたば）、2束（ふたたば）、3束（さんたば）／
1箱（ひとはこ）、2箱（ふたはこ）、3箱（さんはこ）／1皿（ひとさら）、2皿（ふたさら）、3皿（さんさら）

注意：外來語所使用的量詞沒有固定原則，需要個別區分，通常是使用「ひと」和「ふた」居多。

常用量詞單位（1～10）

單位												
個	ひと 1つ	ふた 2つ	みっ 3つ	よっ 4つ	いつ 5つ	むっ 6つ	なな 7つ	やっ 8つ	ここの 9つ	とお 10	いくつ	（幾個）
人	ひとり 1人	ふたり 2人	さんにん 3人	よにん 4人	ごにん 5人	ろくにん 6人	ななにん 7人	はちにん 8人	きゅうにん 9人	じゅうにん 10人	なんにん 何人	（幾人）
歳	いっさい 1歳	にさい 2歳	さんさい 3歳	よんさい 4歳	ごさい 5歳	ろくさい 6歳	ななさい 7歳	はっさい 8歳	きゅうさい 9歳	じゅっさい 10歳	なんさい 何歳	（幾歲）
次	いっかい 1回	にかい 2回	さんかい 3回	よんかい 4回	ごかい 5回	ろっかい 6回	ななかい 7回	はっかい 8回	きゅうかい 9回	じゅっかい 10回	なんかい 何回	（幾次）
個	いっこ 1個	にこ 2個	さんこ 3個	よんこ 4個	ごこ 5個	ろっこ 6個	ななこ 7個	はっこ 8個	きゅうこ 9個	じゅっこ 10個	なんこ 何個	（幾個）
台	いちだい 1台	にだい 2台	さんだい 3台	よんだい 4台	ごだい 5台	ろくだい 6台	ななだい 7台	はちだい 8台	きゅうだい 9台	じゅうだい 10台	なんだい 何台	（幾台）
張	いちまい 1枚	にまい 2枚	さんまい 3枚	よんまい 4枚	ごまい 5枚	ろくまい 6枚	ななまい 7枚	はちまい 8枚	きゅうまい 9枚	じゅうまい 10枚	なんまい 何枚	（幾張）
本	いっさつ 1冊	にさつ 2冊	さんさつ 3冊	よんさつ 4冊	ごさつ 5冊	ろくさつ 6冊	ななさつ 7冊	はっさつ 8冊	きゅうさつ 9冊	じゅっさつ 10冊	なんさつ 何冊	（幾本）
根	いっぽん 1本	にほん 2本	さんぼん 3本	よんほん 4本	ごほん 5本	ろっぽん 6本	ななほん 7本	はっぽん 8本	きゅうほん 9本	じゅっぽん 10本	なんぼん 何本	（幾根）
件	いっちゃく 1着	にちゃく 2着	さんちゃく 3着	よんちゃく 4着	ごちゃく 5着	ろくちゃく 6着	ななちゃく 7着	はっちゃく 8着	きゅうちゃく 9着	じゅっちゃく 10着	なんちゃく 何着	（幾件）
雙	いっそく 1足	にそく 2足	さんぞく 3足	よんそく 4足	ごそく 5足	ろくそく 6足	ななそく 7足	はっそく 8足	きゅうそく 9足	じゅっそく 10足	なんぞく 何足	（幾雙鞋襪）
碗	いっぱい 1杯	にはい 2杯	さんばい 3杯	よんはい 4杯	ごはい 5杯	ろっぱい 6杯	ななはい 7杯	はっぱい 8杯	きゅうはい 9杯	じゅっぱい 10杯	なんばい 何杯	（幾碗、杯）
樓	いっかい 1階	にかい 2階	さんがい 3階	よんかい 4階	ごかい 5階	ろっかい 6階	ななかい 7階	はっかい 8階	きゅうかい 9階	じゅっかい 10階	なんがい 何階	（幾樓）
匹	いっぴき 1匹	にひき 2匹	さんびき 3匹	よんひき 4匹	ごひき 5匹	ろっぴき 6匹	ななひき 7匹	はっぴき 8匹	きゅうひき 9匹	じゅっぴき 10匹	なんびき 何匹	（幾匹）
分	いっぷん 1分	にふん 2分	さんぷん 3分	よんぷん 4分	ごふん 5分	ろっぷん 6分	ななふん 7分	はっぷん 8分	きゅうふん 9分	じゅっぷん 10分	なんぷん 何分	（幾分）
日	ついたち 1日	ふつか 2日	みっか 3日	よっか 4日	いつか 5日	むいか 6日	なのか 7日	ようか 8日	ここのか 9日	とおか 10日	なんにち 何日	（幾號）
年	いちねん 1年	にねん 2年	さんねん 3年	よねん 4年	ごねん 5年	ろくねん 6年	ななねん 7年	はちねん 8年	きゅうねん 9年	じゅうねん 10年	なんねん 何年	（幾年）
小時	いちじかん 1時間	にじかん 2時間	さんじかん 3時間	よじかん 4時間	ごじかん 5時間	ろくじかん 6時間	ななじかん 7時間	はちじかん 8時間	くじかん 9時間	じゅうじかん 10時間	なんじかん 何時間	（幾小時）
週	いっしゅうかん 1週間	にしゅうかん 2週間	さんしゅうかん 3週間	よんしゅうかん 4週間	ごしゅうかん 5週間	ろくしゅうかん 6週間	ななしゅうかん 7週間	はっしゅうかん 8週間	きゅうしゅうかん 9週間	じゅっしゅうかん 10週間	なんしゅうかん 何週間	（幾週）
月	いっかげつ 1か月	にかげつ 2か月	さんかげつ 3か月	よんかげつ 4か月	ごかげつ 5か月	ろっかげつ 6か月	ななかげつ 7か月	はっかげつ 8か月	きゅうかげつ 9か月	じゅっかげつ 10か月	なんかげつ 何か月	（幾個月）

學習目標 30 助詞：「に」的用法 ④

❷ 一週間(いっしゅうかん)に2回(にかい)日本語(にほんご)を勉強(べんきょう)します。
（（我）一星期要學兩次日文。）

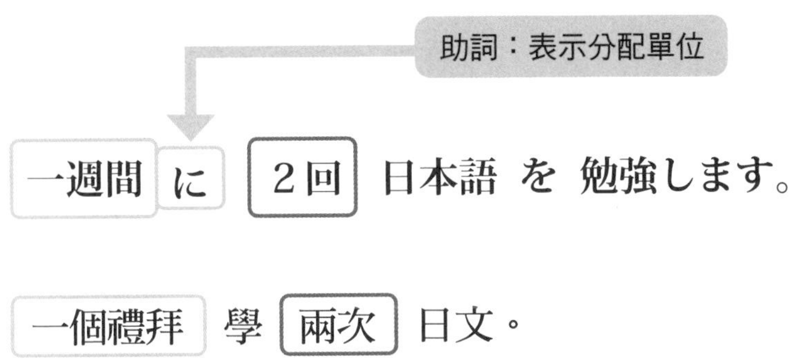

助詞：表示分配單位
一週間
に
2回
日本語 を 勉強します。
一個禮拜
學
兩次
日文。

例文

● A：一週間(いっしゅうかん)に何回(なんかい)英語(えいご)を勉強(べんきょう)しますか。
（何回：幾次）

B：4回(よんかい)勉強(べんきょう)します。1回(いっかい)に3時間(さんじかん)勉強(べんきょう)します。

A：じゃあ、一週間(いっしゅうかん)に12時間(じゅうにじかん)ですね。すごいですね。
（すごいですね：真了不起耶）

A：（你）一星期（的期間）要學習幾次英文呢？
B：（我）要學習四次。一次（的期間）學習三小時。
A：那麼，一星期（的期間）是十二個小時囉。真了不起耶。

助詞：量詞接助詞的用法

❸ 昨日(きのう)は4時間(よじかん)しか寝(ね)ませんでした。
（（我）昨天只睡了4個小時而已。）

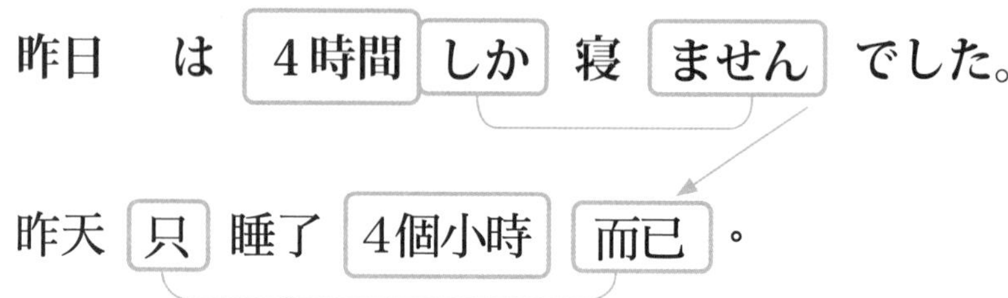

昨日
は
4時間
しか
寝
ません
でした。
昨天
只
睡了
4個小時
而已
。

例文

● A：昨日(きのう)3時間(さんじかん)ぐらい日本語(にほんご)を勉強(べんきょう)しました。

B：え！3時間(さんじかん)も勉強(べんきょう)しましたか。

A：（我）昨天大約學習了三個小時的日文。
B：什麼！（你）竟然學習了三個小時啊。

● A：今(いま)から一緒(いっしょ)に銀座(ぎんざ)で買(か)い物(もの)しませんか。
（今から：現在）

B：すみません、ちょっと…。財布(さいふ)に100円(ひゃくえん)しかありませんから。
（財布：錢包；から：因為）

A：現在要不要一起在銀座買東西呢？
B：不好意思，有點…（不太方便）。因為錢包裡只有100日圓而已。

助詞「しか」的用法

助詞「しか」要搭配否定形，「しか」是「除了～以外都～」，搭配否定形就變成「除了～以外都不～」，也就是「只有～而已」的意思。

量詞後面的基本助詞

- **量詞 + 助詞「も」**：表示強調「多・重・厚・長・大」

（例）お財布(さいふ)の中(なか)に８００００円(はちまんえん)もあります。

（錢包裡面竟然有80000日圓。）

- **量詞 + 助詞「しか」**：表示強調「少・輕・薄・短・小」

（例）お財布(さいふ)の中(なか)に１００円(ひゃくえん)しかありません。

（錢包裡面只有100日圓而已。）

- **量詞 + 助詞「だけ」**：表示「上限」，強調「限定範圍」

（例）お財布(さいふ)の中(なか)に２５００円(にせんごひゃくえん)だけあります。

（錢包裡面只有2500日圓。）

- **量詞 + 助詞「ぐらい」**：表示「大概的數量」

（例）お財布(さいふ)の中(なか)に８００円(はっぴゃくえん)ぐらいあります。

（錢包裡面有800日圓左右。）

- **量詞 + 助詞「は」**：表示「最低數量」（從「區別・對比」用法發展而來）

（例）お財布(さいふ)の中(なか)に１００００円(いちまんえん)はあります。

（錢包裡面至少有10000日圓。）

09課 應用會話

店員(てんいん)：いらっしゃいませ。何名様(なんめいさま)ですか*。

幾位。「様」為接尾辭，表達說話者的敬意

田中(たなか)：3人(さんにん)です。

店員(てんいん)：それではこちらのお席(せき)へどうぞ*。

請坐這邊的座位

店員(てんいん)：こちらはメニューです。

菜單

佐藤(さとう)：陳(ちん)さん、何(なに)を食(た)べますか。

陳(ちん)：そうですね…。私(わたし)はこのミートソースパスタを食(た)べます。

這個嘛… 思考如何回答他人問題時的用語。

田中(たなか)：じゃあ、私(わたし)は和風(わふう)ハンバーグセットを。

我要吃和風漢堡排套餐。後方省略了「食べます」

佐藤(さとう)：飲(の)み物(もの)は？

陳(ちん)：私(わたし)はアイスコーヒーを飲(の)みます。

冰咖啡

田中(たなか)：じゃ、私(わたし)も。
我也是

………………………………………………………………

店員(てんいん)：ご注文(ちゅうもん)はお決(き)まりですか*。
點餐決定好了嗎

佐藤(さとう)：えっと、ミートソースパスタと和風(わふう)ハンバーグセット、それから、このAランチをお願(ねが)いします。
嗯…　和　請給我

店員(てんいん)：お飲(の)み物(もの)は？

佐藤(さとう)：コーヒーを三(みっ)つください*。
請給我三杯咖啡

店員(てんいん)：アイスとホットとどちらになさいますか*。
您要選擇哪一種呢？

佐藤(さとう)：全部(ぜんぶ)アイスでお願(ねが)いします。
全部都用冰的。助詞「で」是表示樣態

店員(てんいん)：かしこまりました。少々(しょうしょう)お待(ま)ち下(くだ)さい。
我知道了　請稍等

中譯

店員：歡迎光臨。請問幾位呢？

田中：三位。

店員：那麼，請坐這邊的座位。

店員：這是菜單。

佐藤：陳小姐，你要吃什麼呢？

陳：這個嘛…我要吃這個肉醬義大利麵。

田中：那麼，我要和風漢堡排套餐。

佐藤：飲料呢？

陳：我要喝冰咖啡。

田中：那麼，我也要冰咖啡。

店員：請問點餐決定好了嗎？

佐藤：嗯…我們要肉醬義大利麵和和風漢堡排套餐，然後請給我這個A餐。

店員：飲料呢？

佐藤：請給我們三杯咖啡。

店員：冰的和熱的，您要選擇哪一種呢？

佐藤：麻煩全部都用冰的。

店員：我知道了，請您稍等一下。

＊「～へどうぞ」是「請往～」的意思，在此是店員引導顧客往～就座的用語。

＊ご注文(ちゅうもん)はお決(き)まりですか。（點餐決定好了嗎？）

「ご注文(ちゅうもん)」的「ご」和「お決(き)まり」的「お」都是接頭辭，用來表達說話者的敬意，是服務業的慣用表達方式。

A：いらっしゃいませ。何名様ですか。（歡迎光臨，請問幾位呢?）

B：（人數）です。（～位。）

這是進入餐廳後，店員詢問顧客用餐人數的慣用日語應答。

Q
いらっしゃいませ。
何名様ですか。
（歡迎光臨，請問幾位？）
1人です。
A
（一位）
店員
（店員）
お客さん
（顧客）

＊（餐點名稱）を（數量）ください。（請給我～份～餐點。）

這是跟店員說明點餐內容及數量的用語，要注意量詞的使用。

（請給我一份豬排咖哩套餐。）

＊どちらになさいますか（您要選擇哪一種呢？）

「どちら」表示「二選一情況下的哪一個、哪一種」。

「なさいます」是「します（點購、選擇）」的尊敬用法。

09課 關連語句

說明自己吃素

A：あれ、肉（にく）は食（た）べませんか。

B：はい、菜食主義（さいしょくしゅぎ）ですから、野菜（やさい）だけ食（た）べます。

菜食主義：素食主義
だけ：只有

A：哎呀？你不吃肉嗎？
B：對，因為我是素食主義，我只吃蔬菜。

詢問唸書唸了多久

A：昨日（きのう）は何時間（なんじかん）勉強（べんきょう）しましたか。

何時間：幾個小時

B：８時間（はちじかん）勉強（べんきょう）しました。

A：すごいですね。私（わたし）は３０分（さんじゅっぷん）しか勉強（べんきょう）しませんでした。

A：你昨天學習了幾個小時呢？
B：學習了八個小時。
A：真厲害耶，我只學習了三十分鐘。

詢問東京房租多少錢

A：東京（とうきょう）の家賃（やちん）はいくらぐらいですか。

いくらぐらいですか：大約多少錢呢

B：そうですね。７万円（ななまんえん）はかかりますね。

かかります：花費

A：東京的房租大約多少錢呢？
B：這個嘛，至少要花七萬日圓喔。

詢問和男朋友一天通話幾次

A：一日(いちにち)に何回(なんかい)、彼(かれ)に電話(でんわ)をかけますか。

彼：男朋友

B：そうですね、10回(じゅっかい)ぐらいかけます。

A：え！10回(じゅっかい)もかけますか。

も：竟然

> A：你一天會打幾次電話給男朋友呢？
> B：這個嘛，我會打十次左右。
> A：什麼！竟然會打十次啊。

說明自己有哪些家庭成員

A：家族(かぞく)は何人(なんにん)ですか。

家族：家人

> A：你的家人有幾個人呢？
> B：五個人。有父母親和姐姐和弟弟。

B：5人(ごにん)です。両親(りょうしん)と姉(あね)と弟(おとうと)がいます。

両親：父母親

詢問搭新幹線從東京坐到大阪的車程

A：東京(とうきょう)から大阪(おおさか)まで新幹線(しんかんせん)で何時間(なんじかん)かかりますか。

新幹線で：搭乘新幹線

B：そうですね、2時間半(にじかんはん)ぐらいかかります。

2時間半：兩個半小時

> A：從東京到大阪，搭乘新幹線要花幾個小時呢？
> B：這個嘛，要花兩個半小時左右。

第10課

三年前(さんねんまえ)は社会人(しゃかいじん)でした。　三年前是社會人士。

本課單字

語調	發音	漢字・外來語	意義
6	ジョギングしま⌉す	jogging＋します	跑步
0	すてき	素敵	很棒、很好
1	し⌉んせつ	親切	親切
1	あ⌉め	雨	雨
5	ホームステ⌉イ	homestay	寄宿
1	か⌉ぞく	家族	家人
2	みな⌉さん	皆さん	大家
3	みんな⌉	皆	大家（みなさん的另一種說法）
0	アルバム	album	相簿
1	ス⌉ープ	soup	湯
0	ぐ	具	配料
0	おまつり	お祭り	祭典
1	ホ⌉テル	hotel	飯店
1	サ⌉ービス	service	服務
2	デザ⌉イン	design	設計
0	タバコ	煙草	香菸
1	か⌉じ	火事	火災
5	そつぎょうりょ⌉こう	卒業旅行	畢業旅行
4	カレーラ⌉イス	curry and rice	咖哩飯
5	ショーロンポ⌉ウ		小籠包
0	とうにゅう	豆乳	豆漿
1	ね⌉ぎ	葱	蔥
4	ちゅうかあ⌉げパン	中華揚げパン	油條

語調	發音	漢字・外來語	意義
2	ほし˥えび	干し蝦	乾蝦米
1	で˥も		不過、可是
3	～ねんま˥え	～年前	～年前
0	～じだい	～時代	～時代

表現文型

＊發音有較多起伏，請聆聽 MP3

發音	漢字・外來語	意義
おいしそう	美味しそう	好像很好吃

10課 學習目標 32 名詞：過去形

❶ 昨日(きのう)は雨(あめ)でした。（昨天是下雨天。）

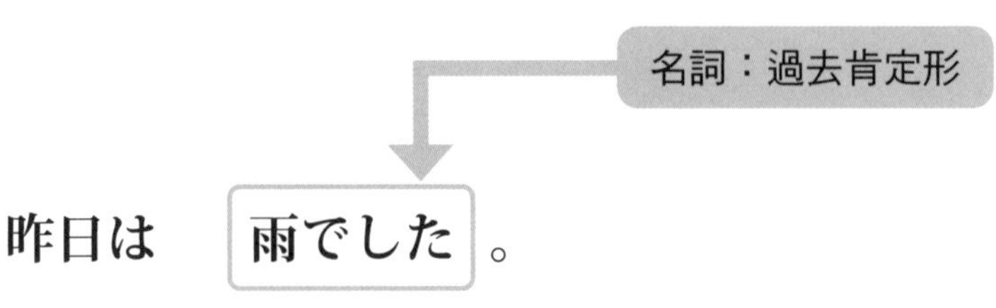

昨天　是　下雨天。

例文

- 上田(うえだ)さんは3年前(さんねんまえ)、学校(がっこう)の先生(せんせい)でした。今(いま)は会社員(かいしゃいん)です。
  （上田先生三年前是學校的老師。現在是公司職員。）

- A：昨日(きのう)の晩(ばん)ご飯(はん)は何(なん)でしたか。

  B：昨日(きのう)はカレーライスでした。

  A：昨天的晚餐是吃什麼呢？
  B：昨天是吃咖哩飯。

- A：昨日(きのう)は雨(あめ)でしたか。

  B：いいえ、雨(あめ)じゃありませんでしたよ。

  A：昨天是下雨天嗎？
  B：不，不是下雨天喔。

「名詞」的四種時態

「名詞」有四種時態，分別為「現在肯定形」「現在否定形」「過去肯定形」「過去否定形」。

下方以「雨（あめ）（下雨）」為例說明：

雨（あめ）	肯定形	否定形
現在形	～です 雨（あめ）です （下雨）	～じゃありません 雨（あめ）じゃありません （沒有下雨）
過去形	～でした 雨（あめ）でした （（過去）下雨）	～じゃありませんでした 雨（あめ）じゃありませんでした （（過去）沒有下雨）

學習目標 33 な形容詞：過去形

❷ 10年前、この街はにぎやかじゃありませんでした。
（10年前，這個城市不熱鬧。）

な形容詞：過去否定形

10年前、この街は にぎやかじゃありませんでした 。

10年前， 這個城市 不熱鬧。

例文

● 昔、ここはとても静かでした。
昔：很久以前　とても：非常

（很久以前，這裡非常安靜。）

● 昨日、高校の友達に会いました。みんな元気でした。
高校：高中　みんな：大家

（（我）昨天遇到高中的朋友。大家都很有精神。）

● 去年、台湾でホームステイしました。家族の人はみんな親切でした。
ホームステイします：寄宿

（去年（我）在台灣寄宿當地家庭。寄宿家庭的人大家都很親切。）

「な形容詞」的四種時態

「な形容詞」有四種時態，分別為「現在肯定形」「現在否定形」「過去肯定形」「過去否定形」。

下方以「にぎやか（熱鬧）」為例說明：

にぎやか	肯定形	否定形
現在形	～です にぎやかです （熱鬧）	～じゃありません にぎやかじゃありません （不熱鬧）
過去形	～でした にぎやかでした （（過去）熱鬧）	～じゃありませんでした にぎやかじゃありませんでした （（過去）不熱鬧）

學習目標 34 い形容詞：過去形

❸ 日本旅行は楽しかったです。（にほんりょこう、たの）
（日本旅行（當時）很快樂。）

い形容詞：過去肯定形

日本旅行は 楽しかったです 。

日本旅行　（當時）很快樂。

例文

● A：旅行はどうでしたか。（りょこう）
怎麼樣呢

B：とてもおもしろかったです。

A：食べ物は？（た、もの）

B：うーん、食べ物はあまりおいしくなかったです。（た、もの）
不太… 後面接續否定表現

A：旅行怎麼樣呢？
B：（當時）非常有趣。
A：食物呢？
B：嗯…（當時）食物不太好吃。

「い形容詞」的四種時態

「い形容詞」有四種時態，分別為「現在肯定形」「現在否定形」「過去肯定形」「過去否定形」。

下方以「楽しい（快樂的）」為例說明：

楽しい	肯定形	否定形
現在形	～です 楽しいです （快樂的）	～くないです 楽しくないです （不快樂）
過去形	～かったです 楽しかったです （（過去）是快樂的）	～くなかったです 楽しくなかったです （（過去）不快樂）

「い形容詞」的過去形

「い形容詞」的過去形「～かったです」的『かった』部分已經代表「過去」，所以不用再說「～でした」。

❹ 料理（りょうり）ができました。（料理煮好了。）

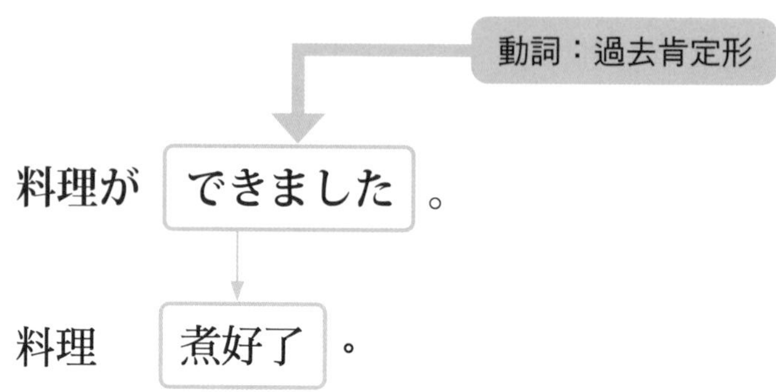
動詞：過去肯定形
料理が できました 。
料理 煮好了 。

例文

（現在形）

● 毎朝３０分（まいあささんじゅっぷん）ジョギングします。
（（我）每天早上跑步三十分鐘。）

（過去形）

● えーと、私（わたし）の傘（かさ）は…。ああ、ここにありました。
ここ：這裡
（嗯…我的傘…。啊，在這裡。）

● A：そのネクタイすてきですね。
すてきですね：不錯耶
B：そうですか、先週（せんしゅうか）買いました。とても高（たか）かったですよ。

A：那條領帶真不錯耶！
B：這樣子啊！（我）上星期買的，非常貴唷。

現在形・過去形總整理

動詞的四種時態已經在〔第 03 課〕介紹過，在此，可以總整理「動詞」、「名詞」、「な形容詞」、「い形容詞」現在形和過去形的使用區別。

	動作（動詞）	非動作（名詞、い／な形容詞、狀態動詞）
該用現在形	● 未來要做的動作，例如： 来月（らいげつ）、日本（にほん）へ行（い）きます。 （（我）下個月要去日本。）	● 未來的狀態，例如： 来年（らいねん）、私（わたし）は大学生（だいがくせい）です。 （明年我是大學生。）
	● 現在將要做的動作，例如： 8時（はちじ）ですね。私（わたし）は帰（かえ）ります。 （八點了耶。我要回去了。）	● 現在目前狀態，例如： このラーメンはおいしいですね。 （這個拉麵很好吃耶。）
	● 一般的事實，例如： 北海道（ほっかいどう）は雪（ゆき）が降（ふ）ります。 （北海道會下雪。）	● 一般的事實，例如： 地球（ちきゅう）は丸（まる）いです。 （地球是圓的。）
	● 固定做的習慣性動作，例如： 私（わたし）は毎日（まいにち）6時（ろくじ）に起（お）きます。 （我每天六點起床。）	
該用過去形	● 過去的動作，例如： 昨日（きのう）、図書館（としょかん）へ行（い）きました。 （（我）昨天去了圖書館。）	● 過去的狀態（表示跟現在不一樣），例如： 10年前（じゅうねんまえ）、この街（まち）は静（しず）かでした。 （十年前，這個城市很安靜。）
	● 動作的完成，例如： 料理（りょうり）ができました。 （料理完成了。）	● 當時的感受，例如： 東京（とうきょう）はにぎやかでした。 （東京很熱鬧。） 註：此為從東京旅行回來時說的
		● 事態的判明・發現，例如： 火事（かじ）の原因（げんいん）はタバコの火（ひ）でした。 （火災的原因是因為香菸的火。）

10課 應用會話

（昔(むかし)のアルバムを見(み)ながら*）
相簿　一邊看著，一邊…

高橋(たかはし)：この人(ひと)は誰(だれ)ですか。

陳(ちん)：この人(ひと)は周先生(しゅうせんせい)です。高校時代(こうこうじだい)の国語(こくご)の先生(せんせい)でした。

高橋(たかはし)：そうですか。この写真(しゃしん)は？
照片

陳(ちん)：大学時代(だいがくじだい)の卒業旅行(そつぎょうりょこう)の写真(しゃしん)です。友達(ともだち)とタイへ行(い)きました。
畢業旅行　泰國

高橋(たかはし)：タイはどうでしたか。

陳(ちん)：にぎやかでした。でも、すごく暑(あつ)かったです。
非常

高橋(たかはし)：食(た)べ物(もの)はおいしかったです*か。
好吃

陳(ちん)：うーん、おいしかったですが、辛(から)い*料理(りょうり)はちょっと…。
雖然、可是　辣的料理　有點…

高橋(たかはし)さんは卒業旅行(そつぎょうりょこう)はどこへ行(い)ったんですか。
表示「關心好奇」。請參照高級本27課

高橋(たかはし)：友達(ともだち)と台湾(たいわん)へ行(い)きましたよ。台北(タイペイ)と高雄(たかお)へ行(い)きました。

陳(ちん)：そうですか！台北(タイペイ)はどうでしたか。

高橋(たかはし)：そうですね。やっぱり料理(りょうり)がおいしかったですね。
果然

特（とく）にショーロンポウは最高（さいこう）でした。豆乳（とうにゅう）もおいしかったです。

ショーロンポウ：小籠包　最高でした：最棒了　豆乳：豆漿　おいしかったです：好喝

陳（ちん）：しょっぱい豆乳（とうにゅう）もありますよ。とてもおいしいです。

しょっぱい：鹹的　もあります：也有

高橋（たかはし）：え？ しょっぱい飲み物（のみもの）ですか。

飲み物：飲料

陳（ちん）：いいえ、熱（あつ）いスープです。具（ぐ）はネギや中華揚げパン（ちゅうかあげパン）や干（ほ）しエビです。

スープ：湯　具：配料　ネギ：蔥　中華揚げパン：油條　干しエビ：乾蝦米

高橋（たかはし）：へえ、それはおいしそうですね。

へえ：表示驚訝的語氣　おいしそう：好像很好吃

中譯

（一邊看著以前的相簿，一邊…）

高橋：這個人是誰呢？

陳：這個人是周老師。是我高中時代的國文老師。

高橋：這樣子啊！這張照片呢？

陳：是大學時代的畢業旅行的照片。我和朋友去了泰國。

高橋：你覺得泰國怎麼樣呢？

陳：很熱鬧，不過非常炎熱。

高橋：食物好吃嗎？

陳：嗯…好吃，可是辣的料理有點…。高橋先生畢業旅行去了哪裡呢？

高橋：我和朋友去了台灣喔。我去了台北和高雄。

陳：這樣子啊！你覺得台北怎麼樣呢？

高橋：這個嘛…料理果然很好吃耶！尤其小籠包最棒了。豆漿也很好喝。

陳：也有鹹豆漿喔。非常好喝。

高橋：咦？ 是鹹的飲料嗎？

陳：不是，是熱的湯品。裡面的配料是蔥啦、油條啦、乾蝦米等等。

高橋：哦～…那好像很好吃耶。

＊ ～を見(み)ながら（一邊看著～，一邊…）

教科書(きょうかしょ)を見(み)ながら（一邊看著教科書，一邊…）

「おいしかったです」是「おいしいです（好吃的）」的過去形。

● **「おいしい」的相反詞**

おいしい（好吃的）←→ おいしくない（不好吃的）

まずい　　　（難吃的）

● **男性用語「うまい」（好吃的）**

有些男生吃到好吃的食物時，會大喊「うまい」，這個字也是「好吃的、美味」的意思。但要特別注意這是「男性用語」。

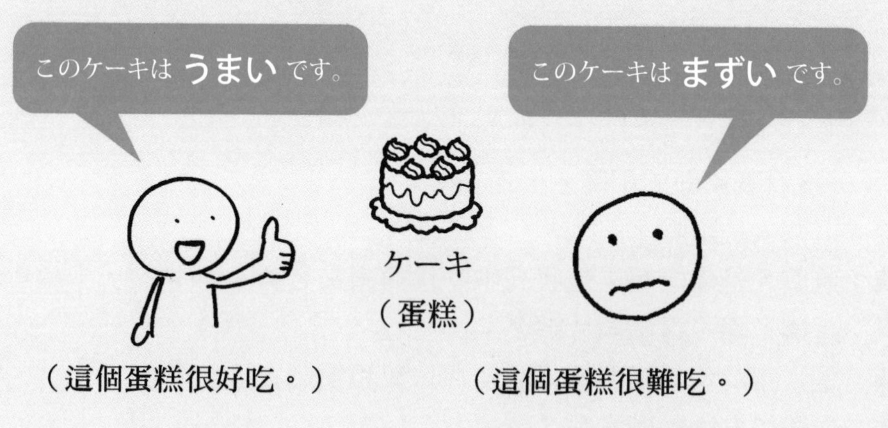

このケーキは うまい です。
このケーキは まずい です。
ケーキ
（蛋糕）
（這個蛋糕很好吃。）
（這個蛋糕很難吃。）

＊「辛(から)い」表示「辣的」，年長者也會用來表示「鹹的」。
不過，現在的日本人多半用「しょっぱい」表示「鹹的」。
表達味覺的「い形容詞」如下：

● 甘(あま)い（甜的）　● しょっぱい（鹹的）

● 酸(す)っぱい（酸的）　● 苦(にが)い（苦的）　● 辛(から)い（辣的）

筆記頁

空白一頁，讓你記錄學習心得，也讓下一頁的「關連語句」，能以跨頁呈現，方便於對照閱讀。

がんばってください。

（請加油！）

10課 關連語句

說明當時對祭典的看法

A：先週（せんしゅう）、浅草（あさくさ）のお祭（まつ）りへ行（い）きました。
先週：上星期　お祭り：祭典

B：どうでしたか。

A：とてもおもしろかったです。
おもしろかった：有趣

A：我上星期去了淺草的祭典。
B：你覺得怎麼樣呢？
A：非常有趣。

詢問住宿後對飯店的看法

A：ホテルはどうでしたか。
ホテル：飯店

B：あまり良（よ）くなかったです。サービスが悪（わる）かったです。
サービス：服務

A：你覺得飯店怎麼樣呢？
B：不太好，服務很差。

說明當時買的領帶很貴

A：イタリアでこのネクタイを買（か）いました。
イタリア：義大利

B：すてきなデザインですね。
デザイン：設計

A：でも、とても高（たか）かったです。
高かった：昂貴

A：我在義大利買了這條領帶。
B：很棒的設計耶！
A：可是價格非常貴。

介紹過去和現在的工作

A：私（わたし）は昔（むかし）、公務員（こうむいん）でした。

以前

B：そうですか、今（いま）の仕事（しごと）は何（なん）ですか。

工作

A：今（いま）は会社員（かいしゃいん）です。

A：我以前是公務員。
B：這樣子啊！現在的工作是什麼呢？
A：現在是公司職員。

說明以前曾經是安靜的地方

A：２０年前（にじゅうねんまえ）、ここは静（しず）かなところでした。

地方

B：そうですか。今（いま）はとてもにぎやかですね。

A：二十年前這裡是安靜的地方。
B：這樣子啊！現在很熱鬧耶。

說明料理看起來很美味

A：皆（みな）さん、料理（りょうり）ができましたよ。

大家

B：わあ、おいしそうですね。

哇！

A：大家，料理做好囉！
B：哇！好像很好吃耶。

第11課

台湾（たいわん）は日本（にほん）より暖（あたた）かいです。　台灣比日本溫暖。

本課單字

語調	發音	漢字・外來語	意義
1、4	せがひくい	背が低い	身材矮小
2	くさい	臭い	臭的
4	むずかしい	難しい	困難的
1	おおい	多い	多的
0	あかい	赤い	紅的
4	めずらしい	珍しい	珍貴的
0	ぶっか	物価	物價
0	ひと	人	人
1	テスト	test	考試
0	じすい	自炊	自己做飯
0	しょくざい	食材	食材
2	くだもの	果物	水果
2	きせつ	季節	季節
1	はる	春	春天
1	おんがく	音楽	音樂
1	スーパー	supermarket	超級市場
1	ピーマン	pimient	青椒
2	パプリカ	paprika	甜椒
1	サラダ	salad	沙拉
1	パスタ	pasta	義大利麵
0	りんご	林檎	蘋果
1	マンゴー	mango	芒果
0	こうちゃ	紅茶	紅茶
3	クラシック	classic	古典樂

語調	發音	漢字・外來語	意義
1	めんるい	麵類	麵類
0	うどん	饂飩	烏龍麵
1	ドリアン	durian	榴槤
0	～おうこく	～王国	～王國
1	～ほうだい	～放題	隨心所欲地做～
2	～のほう	～の方	～的那一方
0	いちばん	一番	最～
1	はやく	早く	趕快
2	すごく		非常
0	ずっと		一直
0	いろいろな		各式各樣的
1	どちら		哪一個
1	ぜんかい	前回	上次
1	なごや	名古屋	名古屋
2	ふくおか	福岡	福岡
1	ペキン	北京	北京
3	シャンハイ	上海	上海

學習目標 36 比較文(1)：助詞「より」的用法

❶ 京都（きょうと）は東京（とうきょう）より静（しず）かです。（京都比東京安靜。）

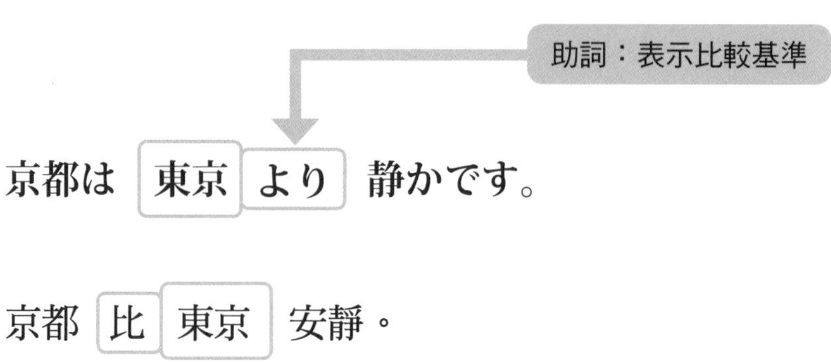

助詞：表示比較基準
京都は 東京 より 静かです。
京都 比 東京 安靜。

例文

● 私（わたし）は高橋（たかはし）さんより背（せ）が低（ひく）いです。
身材矮小
（我比高橋先生矮。）

● 東京（とうきょう）の物価（ぶっか）は大阪（おおさか）より高（たか）いです。
（東京的物價比大阪高。）

● 日本（にほん）で東京（とうきょう）より物価（ぶっか）が高（たか）い所（ところ）はありません。
物價高
（在日本，沒有比東京物價高的地方。）

助詞「より」的位置

日語表達中，要特別注意單字和助詞的搭配，例如下方兩個句子：

● **北海道**（ほっかいどう）**は九州**（きゅうしゅう）**より大**（おお）**きいです。**（北海道比九州大。）

● **九州**（きゅうしゅう）**より北海道**（ほっかいどう）**は大**（おお）**きいです。**（和九州相比，北海道比較大。）

這兩個句子雖然單字的順序不同，但是意思都相同。

表示比較基準的助詞「より」都是放在「九州」後面，兩句話都是以九州為「比較的基準」。

雖然在兩個句子中，「北海道」出現的順序不同，但兩句話都是要表達「北海道比較大」的意思。

從這個例子可以看出：「助詞」很重要，「助詞」影響句義，要從「助詞」來判斷句義，而不是用單字的順序，這樣才能正確掌握日文句子。

學習目標 37 比較文(2)：助詞「ほど」的用法

❷ 北海道(ほっかいどう)は沖縄(おきなわ)ほど暑(あつ)くないです。
（北海道沒有像沖縄那麼熱。）

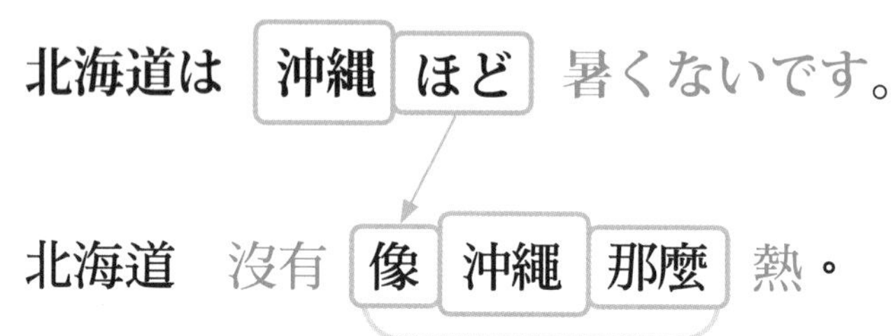

例文

● 今年(ことし)の冬(ふゆ)は去年(きょねん)の冬(ふゆ)ほど寒(さむ)くなかったです。
冬：冬天

（今年的冬天沒有像去年的冬天那麼冷。）

● A：テストは難(むずか)しかったですか。
テスト：考試

B：いいえ、前回(ぜんかい)ほど難(むずか)しくなかったです。
前回：上次

A：考試困難嗎？
B：不，沒有像上次那麼難。

筆記頁

空白一頁，讓你記錄學習心得，也讓下一頁的「學習目標」，能以跨頁呈現，方便於對照閱讀。

がんばってください。

（請加油！）

學習目標 38 比較文(3)

❸ 大阪(おおさか)と福岡(ふくおか)とどちらが人(ひと)が多(おお)いですか。
（大阪和福岡，哪一個地方人比較多呢？）

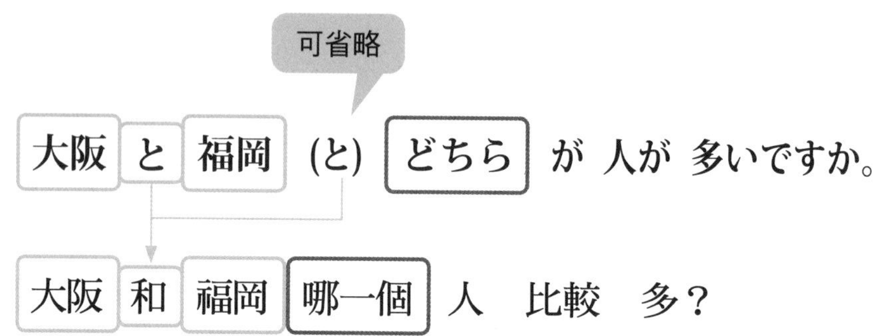

可省略
大阪 と 福岡 (と) どちら が 人が 多いですか。
大阪 和 福岡 哪一個 人 比較 多？

例文

● A：北京(ペキン)と上海(シャンハイ)とどちらがにぎやかですか。
熱鬧

B：上海(シャンハイ)のほうがにぎやかです。
的那一方

A：北京和上海，哪一個地方比較熱鬧呢？
B：上海（的那一方）比較熱鬧。

● A：日本料理(にほんりょうり)と中華料理(ちゅうかりょうり)、どちらが好(す)きですか。

B：どちらも好(す)きです。
都

A：日本料理和中華料理，（你）比較喜歡哪一種呢？
B：（我）哪一種都喜歡。（（我）兩種都喜歡。）

● A：コーヒーと紅茶（こうちゃ）とどちらがいいですか。

B：コーヒーをお願（ねが）いします。
請給我

A：咖啡和紅茶哪一個比較好呢？（咖啡和紅茶，你要選什麼呢？）
B：請給我咖啡。

二選一疑問句的回答法

● 回答「二選一的疑問句」時，要在所選的那一方前面加上「のほうが」。

（例）

問：大阪（おおさか）と福岡（ふくおか）とどちらが人（ひと）が多（おお）いですか。
（大阪和福岡，哪一個人比較多呢？）

答：大阪（おおさか）のほうが人（ひと）が多（おお）いです。（大阪的那一方人比較多。）

● 如果在二選一的疑問句中，無法作出抉擇選出其中一方時，則要使用「どちらも」。

（例）

問：りんごとみかんとどちらが好（す）きですか。
（蘋果和橘子，（你）比較喜歡哪一個呢？）

答：どちらも好（す）きです。（（我）兩個都喜歡。）

11課 學習目標 39 比較文(4)

❹ 日本(にほん)でどこが一番(いちばん)にぎやかですか。
（在日本境內，哪裡最熱鬧呢？）

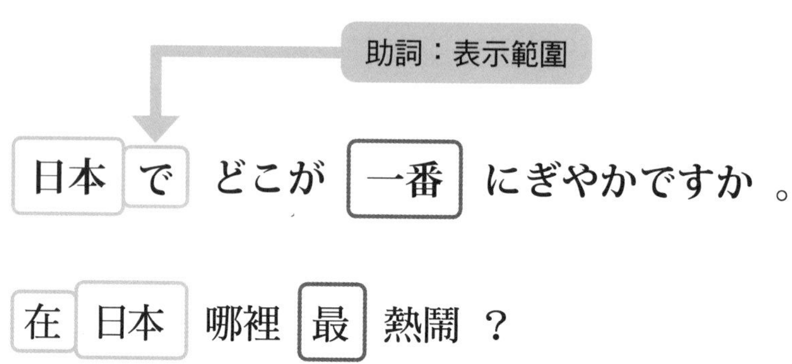

助詞：表示範圍
日本 で どこが 一番 にぎやかですか 。
在 日本 哪裡 最 熱鬧 ？

例文

● A：台湾(たいわん)でどこが一番(いちばん)にぎやかですか。
（一番：最）

B：台北(タイペイ)が一番(いちばん)にぎやかです。

A：在台灣境內，哪裡最熱鬧呢？
B：台北最熱鬧。

● A：季節(きせつ)でいつが一番(いちばん)好(す)きですか。
（いつ：什麼時候）

B：春(はる)が一番(いちばん)好(す)きです。

A：在四季之中，（你）最喜歡什麼時候呢？
B：（我）最喜歡春季。

● A：どんな音楽(おんがく)が一番(いちばん)好(す)きですか。（（你）最喜歡哪種音樂呢？）

B：クラシック（古典樂）が一番(いちばん)好(す)きです。（（我）最喜歡古典樂。）

多選一的疑問句用法

在二選一的疑問句中，不管所選擇的對象是什麼，都可以用「どちら」作為疑問詞來提問。但是，在多選一的疑問句中，則要看所選擇的對象來使用疑問詞，例如：

事物 → スポーツで何(なに)が一番(いちばん)おもしろいですか。

（在運動之中，什麼最有趣呢？）

地方 → 日本(にほん)でどこが一番(いちばん)にぎやかですか。

（在日本境內，哪裡最熱鬧呢？）

人 → 芸能人(げいのうじん)で誰(だれ)が一番(いちばん)好(す)きですか。

（在藝人之中，（你）最喜歡誰呢？）

時期 → 一年(いちねん)でいつが一番(いちばん)暑(あつ)いですか。

（在一年之中，什麼時候最熱呢？）

● 另外，也有用「どんな+名詞」來作疑問詞的用法，例如：

（在電影當中，（你）最喜歡哪種電影呢？）

應用會話

（スーパーで）

陳（ちん）：日本（にほん）のスーパーはいろいろな物（もの）がありますね*。
超市　各式各樣的　表示「要求同意」的助詞

田中（たなか）：そうですか？ 台湾（たいわん）のスーパーは大（おお）きくないですか。
是這樣子嗎？「か」的語調上揚，表示疑問語氣

陳（ちん）：はい、日本（にほん）ほど大（おお）きくないです。

田中（たなか）：日本（にほん）は自炊（じすい）が多（おお）いですから*。じゃ、今日（きょう）の晩（ばん）ご飯（はん）の食材（しょくざい）を買（か）いましょう。
因為自己做飯的情形很多

陳（ちん）：これは何（なん）ですか。赤（あか）いピーマンですか。
青椒

田中（たなか）：それはパプリカですよ*。サラダやパスタで使（つか）います。
甜椒　表示「提醒」的助詞　義大利麵

陳（ちん）：あ、果物（くだもの）もたくさんありますよ。
很多

田中（たなか）：陳（ちん）さんは果物（くだもの）で何（なに）が一番（いちばん）好（す）きですか。

陳（ちん）：私（わたし）はりんごが一番（いちばん）好（す）きです。

田中（たなか）：私（わたし）も好（す）きです。あ、マンゴーもありますね。食（た）べたいなあ。
芒果　好想吃喔

陳（ちん）：値段（ねだん）は…、え！１０００円（せんえん）？すごく高（たか）いですね。
價格

田中：そうですか？ 台湾(たいわん)ではりんごとマンゴーとどちらが安(やす)いですか。
（安い：便宜）

陳：マンゴーのほうが安(やす)いです。台湾(たいわん)は日本(にほん)より暖(あたた)かいですから。

田中：さすが果物王国(くだものおうこく)ですね。マンゴー食(た)べ放題(ほうだい)*…いいなあ…。
（さすが：真不愧；食べ放題：吃到飽）

陳：田中(たなか)さん田中(たなか)さん、早(はや)く晩(ばん)ご飯(はん)の食材(しょくざい)を買(か)いましょう。
（早く：趕快）

田中：そうでしたね。
（そうでしたね：說得對耶。對於對方剛剛說的事情表示贊同的回應用語）

中譯

（在超市）

陳：日本的超市有各式各樣的東西耶。

田中：是這樣子嗎？ 台灣的超市不大嗎？

陳：對，沒有像日本那麼大。

田中：這是因為日本自己做飯的情形很多。那麼，我們來買今天晚餐的食材吧。

陳：這是什麼東西呢？ 紅色的青椒嗎？

田中：那是甜椒喔。在沙拉啦、義大利麵之類所使用的。

陳：啊！也有很多水果唷！

田中：陳小姐，在水果當中，你最喜歡哪一種水果呢？

陳：我最喜歡蘋果。

田中：我也很喜歡。啊！也有芒果耶，好想吃喔。

陳：價格方面…。什麼！一千日圓？ 非常貴耶。

田中：是這樣子嗎？ 在台灣，蘋果和芒果哪一個比較便宜呢？

陳：芒果（的那一方）比較便宜。因為台灣比日本溫暖。

田中：真不愧是水果王國耶。芒果吃到飽…真好啊！

陳：田中小姐、田中小姐，我們趕快買晚餐的食材吧。

田中：你說得對耶。

＊名詞＋が＋～（い形容詞）＋ですから。

（因為某人、事、物是～的。）

天気(てんき)が悪(わる)いですから。（因為天氣是惡劣的。）

＊「～放題(ほうだい)」是「隨心所欲地做～、毫無限制地做～」的意思，在餐廳除了可以看到「食(た)べ放題(ほうだい)（吃到飽）」的看板之外，還可以看到「飲(の)み放題（喝到飽）」這樣的看板。

A
3000円(さんぜんえん)でございます。
一人分(ひとりぶん)はいくらですか。
Q
Bar　飲み放題
ウェイター
（服務生）
お客(きゃく)さん
（顧客）
（3000日圓。）（一人份是多少錢呢？）

＊複習一下常出現在句尾的語氣助詞「ね」和「よ」：

● 「ね」：

A：大(おお)きいデパートですね。（好大的百貨公司喔！） 要求同意

B：そうですね。（對啊！） 表示同意

新宿駅(しんじゅくえき)の西口(にしぐち)ですね。（在新宿車站的西口，對吧？） 再確認

● 「よ」：

皆(みな)さん、料理(りょうり)ができましたよ。（大家，料理做好囉！） 提醒

筆記頁

空白一頁，讓你記錄學習心得，也讓下一頁的「關連語句」，能以跨頁呈現，方便於對照閱讀。

がんばってください。

（請加油！）

11課 關連語句

詢問喜歡夏天還是冬天

A：夏(なつ)と冬(ふゆ)とどちらが好(す)きですか。

B：どちらも好(す)きです。

A：夏天和冬天，你比較喜歡哪一個呢？
B：兩個都喜歡。

說明自己覺得日文比英文難

A：日本語(にほんご)は英語(えいご)ほど難(むずか)しくないです。

B：私(わたし)は日本語(にほんご)のほうが難(むずか)しいと思(おも)いますけど…。

けど：表示說話說到一半省略後面想說的，一種委婉的語氣

A：日文沒有像英文那麼困難。
B：我覺得日文（的那一方）比較難…

詢問東京和福岡哪邊人口多

A：東京(とうきょう)と福岡(ふくおか)とどちらが人(ひと)が多(おお)いですか。

B：東京(とうきょう)のほうがずっと多(おお)いです。

ずっと：遠比～更～

A：東京和福岡，哪一個地方的人比較多呢？
B：東京（的那一方）多很多。

說明九州的面積和台灣差不多

A：九州(きゅうしゅう)は大(おお)きいですか。

B：そうですね。だいたい台湾(たいわん)と同(おな)じくらいです。

だいたい：大概　同じ：一樣

A：九州很大嗎？
B：這個嘛…大概和台灣差不多一樣大。

說明自己喜歡拉麵勝於烏龍麵

A：私（わたし）は麵類（めんるい）でうどん（烏龍麵）が一番（いちばん）好（す）きです。

B：そうですか。私（わたし）はうどんよりラーメン（拉麵）のほうが好（す）きです。

A：在麵類當中，我最喜歡烏龍麵。
B：這樣子啊！和烏龍麵相比，我比較喜歡拉麵（的那一方）。

詢問哪種水果最珍貴

A：在水果當中，什麼水果最珍貴呢？
B：榴槤最珍貴，不過非常臭喔。

A：果物（くだもの）で何（なに）が一番珍（いちばんめずら）しい（珍貴）ですか。

B：ドリアン（榴槤）が一番珍（いちばんめずら）しいです。でも、とても臭（くさ）いですよ。

第12課

駅（えき）まで迎（むか）えに行（い）きますよ。　（我）會去車站接你喔。

本課單字

語調	發音	漢字・外來語	意義
4	おくりま˥す	送ります	送行
4	むかえま˥す	迎えます	迎接
3	ききま˥す	聴きます	聽
4	はなしま˥す	話します	說話、交談
3	よびま˥す	呼びます	呼叫
3	つきま˥す	着きます	抵達
4	もどりま˥す	戻ります	返回
4	あるきま˥す	歩きます	步行
4	はいりま˥す	入ります	進入
6	そつぎょうしま˥す	卒業します	畢業
5	さんぽしま˥す	散歩します	散步
2	いた˥い	痛い	疼痛
1、4	な˥かがい˥い	仲がいい	關係很好
3	だいじょ˥うぶ	大丈夫	沒關係
0	まんが	漫画	漫畫
0	くるま	車	汽車
0	みち	道	街道
0	くうこう	空港	機場
3	アルバ˥イト	Arbeit	打工
1	び˥じゅつ	美術	美術
1	に˥もつ	荷物	行李
3	きゅうきゅ˥うしゃ	救急車	救護車
3	ふゆや˥すみ	冬休み	寒假
1	ダ˥イエット	diet	減肥

語調	發音	漢字・外來語	意義
0	～ちゅう	～中	～中
0	[お]しょうがつ	[お]正月	新年
0	おんせん	温泉	溫泉
2	ゆき	雪	雪
1	そふ	祖父	爺爺
1	そぼ	祖母	奶奶
0	こうえん	公園	公園
2	スキー	ski	滑雪
0	いちど	一度	一次
3	たくさん		很多
1	すぐ		馬上
1	ぜひとも		務必
1	どこか		哪裡、什麼地方
1	なにか	何か	什麼
5	はんとしまえ	半年前	半年前
2	さいたま	埼玉	埼玉（地名）
5	ところざわ	所沢	所澤（地名）
1	ながの	長野	長野（地名）

招呼用語　＊發音有較多起伏，請聆聽 MP3

發音	漢字・外來語	意義
けっこうです	結構です	不用了
もしもし		喂喂（用於打電話時）
それじゃ		那麼
お久(ひさ)しぶりです		好久不見
またあとで		待會見
相変(あいか)わらず元気(げんき)ですよ		和往常一樣很有精神唷

12課 學習目標 40 # 助詞：「に」的用法⑤

❶ 日本（にほん）へ漫画（まんが）を勉強（べんきょう）しに行（い）きます。
（（我）要去日本學漫畫。）

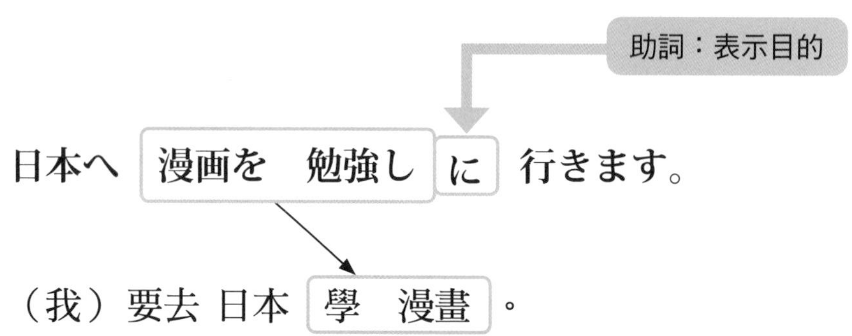

助詞：表示目的
日本へ
漫画を　勉強し
に
行きます。
（我）要去 日本
學　漫畫
。

例文

- A：日本（にほん）へ何（なに）をしに行（い）きますか。（（你）去日本要做什麼呢？）
  B：美術（びじゅつ）の勉強（べんきょう）に行（い）きます。（（我）要去學習美術。）

- 一度（いちど）ご飯（はん）を食（た）べに帰（かえ）ります。（（我）要回去吃一下飯（再回來）。）
  一度：一下、一次

- 先生（せんせい）：あなたは学校（がっこう）へ寝（ね）に来（き）ましたか。（老師：你是來學校睡覺嗎？）
  学生（がくせい）：すみません…。（學生：對不起…）
  すみません：對不起

表示目的的助詞「に」的接續方法

透過助詞「に」來表示去某地的目的時，必須先將動詞的「ます」部分去掉，再接續「に」。

如果是「動作性名詞」，可以直接接續助詞「に」。

例如，動作性名詞「勉強（べんきょう）（學習）」可以直接接續「に」，也可以加上「します（做）」變成動詞「勉強（べんきょう）します（學習）」後，去掉「ます」再接續「に」。

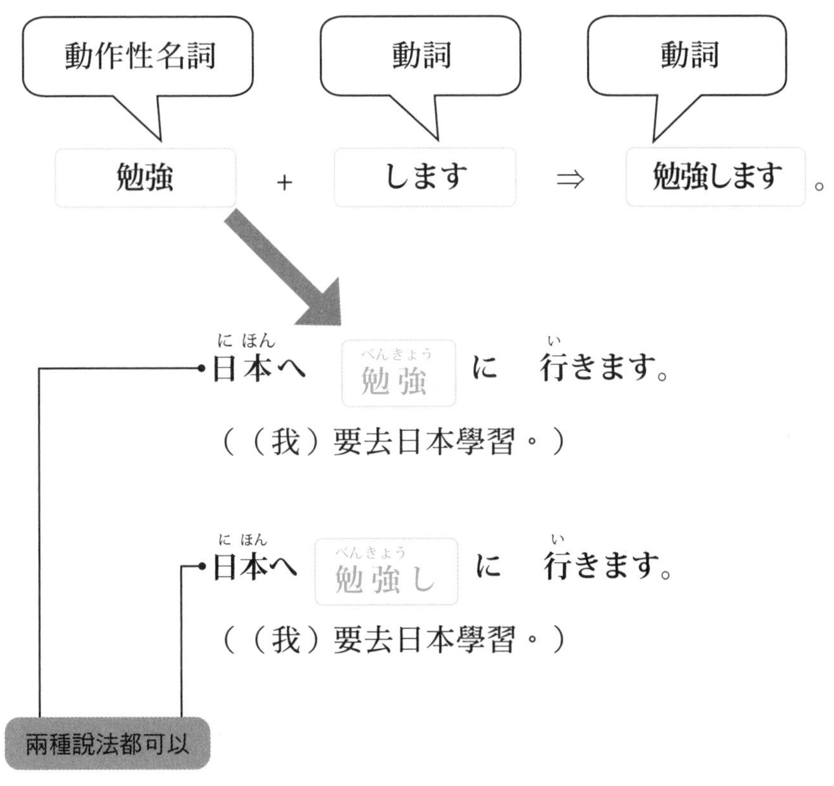

學習目標 41 提案的說法

❷ 車（くるま）で空港（くうこう）まで送（おく）りましょうか。
（要不要開車送（你）到機場？）

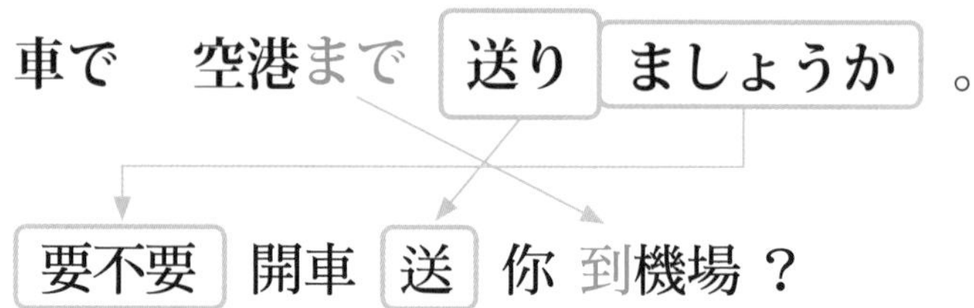

例文

● A：荷物（にもつ）を持（も）ちましょうか。（要不要幫你拿行李？）
行李
B：すみません、お願（ねが）いします。（不好意思，麻煩你了。）

● A：傘（かさ）を貸（か）しましょうか。（要不要借你傘？）
B：いいえ、けっこうです。（不，不用了。）
不用了
タクシーで帰（かえ）りますから。（因為（我）要搭計程車回去。）
搭計程車

● A：おなかが痛（いた）いです…。（肚子好痛…）
肚子痛
B：だいじょうぶですか。（還好嗎？）
你還好嗎？
救急車（きゅうきゅうしゃ）を呼（よ）びましょうか。（要不要幫你叫救護車？）
救護車

「～ませんか」和「～ましょうか」的差別

〔第 03 課〕所學的「～ませんか」和這一課的「～ましょうか」都可以翻譯為「要不要～？」，但是兩者的用法完全不同：

● 說話者「視對方需求」而提議或提案時，說：

すこし休(やす)み ましょうか 。（要不要休息一下呢？）

● 說話者「因自己需求」而提議或邀請時，說：

すこし休(やす)み ませんか 。（要不要休息一下呢？）

12課 學習目標 42 同時進行的表現

❸ アルバイトをしながら勉強(べんきょう)します。
（一邊打工一邊唸書。）

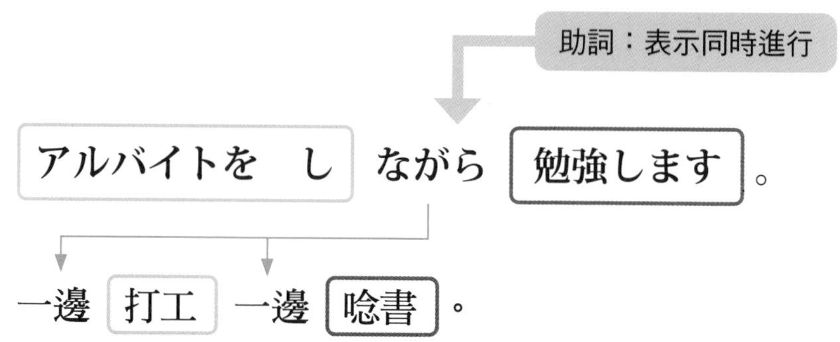

例文

● いつも音楽(おんがく)を聴(き)きながらレポートを書(か)きます。
いつも：總是　レポート：報告
（總是一邊聽音樂，一邊寫報告。）

● 彼女(かのじょ)の写真(しゃしん)を見(み)ながら彼女(かのじょ)と電話(でんわ)で話(はな)します。
彼女：女朋友　で：表示：工具・手段
（一邊看女朋友的照片，一邊和女朋友打電話。）

● 歩(ある)きながら話(はな)しましょう
（一邊走路一邊說吧。）

助詞「ながら」的接續方法

去掉動詞的「ます」部分，再接續「ながら」即可以表示兩個動作同時進行。如果兩個動作之間有「主要動作」和「附帶動作」的關係，「主要動作」要放在後面。

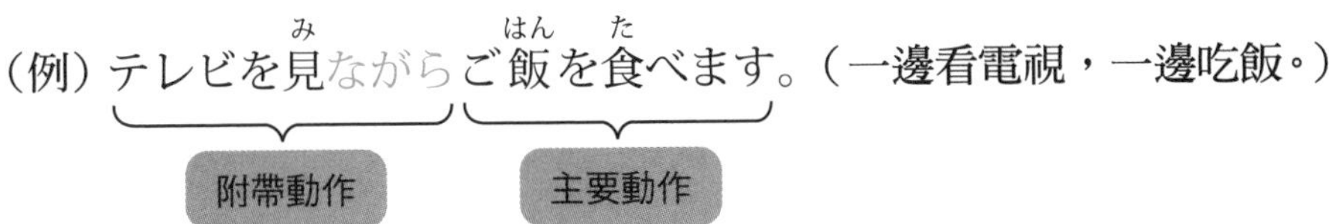

（例）テレビを見（み）ながらご飯（はん）を食（た）べます。（一邊看電視，一邊吃飯。）
附帶動作
主要動作

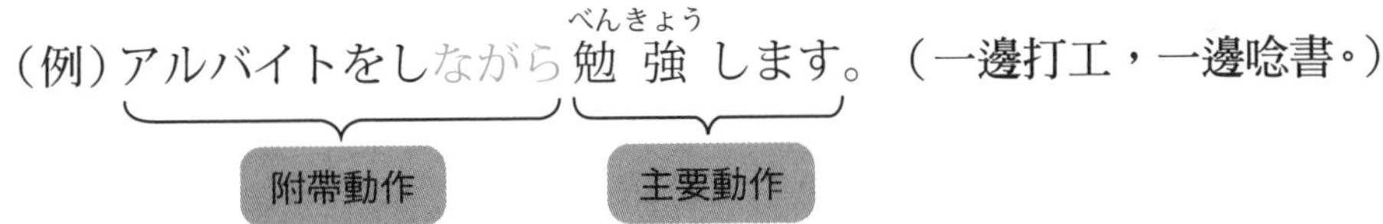

（例）アルバイトをしながら勉強（べんきょう）します。（一邊打工，一邊唸書。）
附帶動作
主要動作

12課 應用會話

（鈴木さんの家へ遊びに行く）

陳：はい、もしもし。
喂喂，你好

鈴木：もしもし、陳さんですか。鈴木です。
喂喂

陳：ああ、鈴木さん。お久しぶりです。元気でしたか。
好久不見

鈴木：はい、相変わらず元気ですよ。いつ日本へ来ましたか。
跟往常一樣

陳：半年前に来ました。

鈴木：陳さん、次の日曜日、何か用事がありますか。
下次的
有沒有什麼事情呢？「何か」是「某事物」的意思，不確定對方是否有什麼事情時，可以用「何か」來提問

陳：いえ、特にありませんが*。
不　沒有什麼特別的事情

鈴木：じゃ、うちへ遊びに来ませんか。

陳：ええ、ぜひとも。鈴木さんの家はどこですか。
好啊　一定

鈴木（すずき）：埼玉（さいたま）の所沢（ところざわ）です。所沢駅（ところざわえき）の近（ちか）く（附近）です。地図（ちず）を送（おく）りますね。

陳（ちん）：お願（ねが）いします。じゃあ、日曜日（にちようび）に。（星期天（的時候）見面吧　後方省略了「会いましょう（見面吧）」）

....

陳（ちん）：もしもし、鈴木（すずき）さんですか。所沢（ところざわ）に着（つ）きました*（到達所澤了）。

鈴木（すずき）：そうですか。道（みち）がわかりますか（知道路嗎？）。

陳（ちん）：あの…、地図（ちず）を見（み）ながらたくさん歩（ある）きました*（走了好多路）が、

よくわかりません（不是很清楚）。今（いま）、また駅（えき）に戻（もど）りました*（又回到車站了）。

鈴木（すずき）：はっは、そうですか。じゃあ、迎（むか）えに行（い）きましょうか。

陳（ちん）：すみません…。

鈴木（すずき）：すぐ（馬上）行（い）きます。それじゃ、またあとで（待會見）。

中譯

（要去鈴木小姐的家玩）

陳：喂喂，你好。

鈴木：喂喂，請問是陳小姐嗎？我是鈴木。

陳：啊，鈴木小姐，好久不見，你過得好嗎？

鈴木：嗯，我和往常一樣很有精神唷。你是什麼時候來到日本的呢？

陳：我是半年前（的時候）來的。

鈴木：陳小姐，下次的星期天，你有沒有什麼事情呢？

陳：不，我沒有什麼特別的事情。

鈴木：那麼，要不要來我家玩呢？

陳：好啊，我一定去。鈴木小姐的家在哪裡呢？

鈴木：在埼玉的所澤。在所澤站附近。我寄地圖給你吧。

陳：麻煩你了，那麼，星期天（的時候）見面吧。

陳：喂喂，是鈴木小姐嗎？我到達所澤了。

鈴木：這樣子啊！你知道路嗎？

陳：這個嘛…我一邊看地圖一邊走了好多路，可是不是很清楚。現在又回到車站了。

鈴木：哈哈，這樣子啊！那麼，要不要我去接你呢？

陳：不好意思…

鈴木：我馬上去，那麼，待會見。

助詞「が」放在句尾時的用法

いえ、特にありませんが。這句話的後面省略了「何か用ですか？」（有什麼事嗎？）沒有說出來。這是日本人的說話習慣，不把話說得太明白，省略某些話不說，在接下來的對話中，再由對方來提出。

● 打電話時，也常有這樣的「が」的用法：

（例）もしもし、鈴木ですが、佐藤さんはいますか。
（喂～我是鈴木，佐藤先生在嗎？）

「…が」的句子是說話的前言，不是說話的重點。日本人習慣在講出重點前先說「…が」，讓語氣比較緩衝，不會覺得唐突。

＊～に着きました。（抵達～了。）

台北駅に着きました。（抵達台北車站了。）

＊～に戻りました。（回到～了。）

席に戻りました。（回到座位了。）

● 「に」在此是表示「動作到達點」的助詞。

＊たくさん～（動詞ました形）。（做～做了很多。）

たくさん食べました。（吃了很多。）

（肚子好飽。）

12課 關連語句

詢問來日本學習哪種課程

A：日本(にほん)に何(なん)の勉強(べんきょう)に来(き)ましたか。

B：デザインの勉強(べんきょう)に来(き)ました。
設計

A：你來日本學習什麼呢？
B：我來學習設計的。

詢問寒假有沒有去了哪裡

A：冬休(ふゆやす)みはどこか行(い)きましたか。
有沒有去了什麼地方呢

B：ええ、遊(あそ)びに行(い)きました。
嗯…「ええ」是「はい」的口語用法

A：どこへ行(い)きましたか。

B：長野(ながの)へスキーに行(い)きました。
去滑雪了

A：寒假有沒有去了什麼地方呢？
B：嗯…去玩耍了。
A：去了哪裡呢？
B：去長野滑了雪。

詢問對方要不要吃午飯

A：１２時(じゅうにじ)ですよ。何(なに)か食(た)べますか。
要吃點什麼東西嗎

B：いいえ、ダイエット中(ちゅう)ですから、何(なに)も食(た)べません。
減肥中

A：十二點囉。你要吃點什麼東西嗎？
B：不，我正在減肥中，所以什麼都不吃。

邀請對方一起泡溫泉

A：お正月（しょうがつ）、温泉（おんせん）に入（はい）りに行（い）きませんか。

新年　泡溫泉

B：いいですね。温泉（おんせん）で雪（ゆき）を見（み）ながら、お酒（さけ）を飲（の）みましょう。

一邊賞雪

A：新年要不要去泡溫泉呢？
B：不錯耶，在溫泉中一邊賞雪一邊喝酒吧。

詢問畢業後的動向

A：３年前（さんねんまえ）、高校（こうこう）を卒業（そつぎょう）しました。

畢業。「を」在此是表示「離開點」的助詞

B：それから、何（なに）をしましたか。

A：フランスへ料理（りょうり）を習（なら）いに行（い）きました。

法國

A：我三年前高中畢業了。
B：之後做了什麼呢？
A：去法國學習了料理。

說明爺爺每天的習慣

A：祖父（そふ）は毎日（まいにち）、祖母（そぼ）と公園（こうえん）を散歩（さんぽ）します。

在公園散步。「を」在此是表示「通過點・經過場所」的助詞

B：へえ。仲（なか）がいいですね。

感情很好耶！

A：爺爺每天和奶奶在公園散步。
B：哇！感情很好耶！

檸檬樹

檸檬樹

檸檬樹